倡导自由探究

鼓励学术争鸣

活跃学术氛围

促进原始创新

新观点新学说学术沙龙文集㉕

色彩与城市生活

中国科协学会学术部　编

中国科学技术出版社

·北　京·

图书在版编目(CIP)数据

色彩与城市生活/中国科协学会学术部编. —北京:中国
科学技术出版社,2009.9

(新观点新学说学术沙龙文集;25)

ISBN 978 - 7 - 5046 - 4988 - 1

Ⅰ. 色… Ⅱ. 中… Ⅲ. 色彩 – 关系 – 城市 – 社会生活 –
研究 Ⅳ. D669.3

中国版本图书馆 CIP 数据核字(2009)第 162327 号

本社图书贴有防伪标志,未贴为盗版

中国科学技术出版社出版

北京市海淀区中关村南大街 16 号 邮政编码:100081

电话:010 - 62103177 传真:010 - 62183872

http://www.kjpbooks.com.cn

科学普及出版社发行部发行

北京长宁印刷有限公司印刷

*

开本:787 毫米 × 1092 毫米 1/16 印张:7.75 插页:4 字数:200 千字

2009 年 11 月第 1 版 2009 年 11 月第 1 次印刷

印数:1 - 2000 册 定价:18.00 元

序　言

　　我们生活在一个色彩的世界里,没有色彩的世界是不可想象的。可以说人类对色彩认知的历史就是人类认识自然的历史,也是人类文明进化的发展历史。从许多考古发现中可以看到,原始人就知道了通过植物和矿物来收集色料。2005年我去埃及考察时看到,5000年前的古穴中就用非常精致的色彩描绘来装点环境。公元前希腊哲学家亚里士多德(前384~前322)就提出"光就是色彩"的学说。中国老祖宗在汉代就根据五行提出了五色学说,五色对五行。然而,真正意义上的色彩科学是从16世纪60年代英国科学家牛顿通过三棱镜发现红橙黄绿青蓝紫七色光谱后开始的,其后的实验光学,将色彩与光的关系建立了理论基础。四百年来,许多物理学家、化学家不断地探索,如19世纪英国科学家发现了光的三原色学,指出红、黄、蓝混合后产生白色,类似目前的电视机显像管原理。随着科学技术的发展,20世纪初期,美国画家兼色彩学家蒙塞尔(1858~1918)创立了蒙塞尔色立体,将色彩按照色相、明度和纯度进行描述,色彩学理论才逐渐建立起来。色彩科学涉及物理学、光学、心理学、生理学、美学等多个学科,作为新兴的交叉学科,特别是工业化大生产带来了色彩科学的繁荣与发展,目前在色彩研究中有很多不同的领域,可以简单地归纳为两个方面:一个是从文化、社会、经济的角度来研究,如色彩社会学、色彩文化学、色彩心理学等,重点是研究色彩的自然属性、色彩的社会属性,即色彩与自然的关系,色彩与人的关系;另一个是从光学和材质的角度研究,如色度学、色彩化学、色彩影像学等研究领域,研究色彩的科学属性。当然,许多方面两者的研究是不可分割的,如色彩心理学不仅是社会学范畴,还涉及生理学等学科。还有新技术的开发与应用,所以我们说色彩学是科学与艺术结合最为密切的学科之一。

　　色彩与城市生活密不可分,它涉及城市规划、建筑与环境、产品以及生活在城市中的主体——人,这也是中国流行色协会工作的三个方面:一是通过城市建筑和环境色彩的科学规划与设计,使我们的家园少一些视觉污染,使我们的环境更加和谐、优美,提升中国人的生活品质;二是能够通过色彩设计与应用,使我国的制造业开发出更时尚的产品。通过色彩管理降低生产成本,通过色彩营销引领市场潮流,一句话就是通过色彩科学的应用提高产品的附加值和竞争力;三是通过个人形象和化妆美容色彩的搭配应用,使中国人打扮得更加漂亮、自信,用色彩愉悦我们的心情,丰富我们的生活。所以常常说,我们的工作着眼于美景、美品和美人,是一个发现美、创造美和传播美的历程。在海南三亚举行的第 25 期中国科协新观点新学说学术沙龙上,来自产业界、艺术界和学术界的专家、学者就色彩与和谐环境、色彩与产品竞争力、色彩与生活品质等进行了热烈而富有见地的阐述和争鸣。迄今一些在学术交流活动难得见到的场面依然历历在目,如同我们的工作一样斑斓多彩。通过本次文集的出版,旨在让更多的人了解色彩在城市生活中的作用与价值,从而能够通过色彩科学的应用使我们的生活更加和谐、美丽和富有价值。

梁 勇

2009 年 6 月

目　录

会议时间

2008 年 12 月 7 日

会议地点

海南省三亚国光豪生度假酒店

主持人

宋建明

宋建明：

　　各位来宾、各位专家，大家早上好！中国科协第 25 期新观点新学说学术沙龙现在开始。我们对今天的色彩主题论坛的展开会有一个明确的方向和良好的开始。色彩作为人感受外部世界最直接的元素之一，是视觉的语言，也是时尚生活方式和品质生活的表现符号。在城市生活中，无论是建筑与环境、景观与园林、道路与交通设施、公共场所、广告与标志，乃至行人，其色彩均影响着我们的视觉世界。为探讨色彩对城市生活的影响，中国科协学会学术部主办、中国流行色协会承办的第 25 期新观点新学说学术沙龙，以"色彩与城市生活"为主题，讨论内容是色彩与环境、色彩与产品和色彩与人。希望大家可以畅所欲言，沟通彼此的心得与思想。我们请中国流行色协会常务副会长梁勇先生介绍一下本届沙龙承办单位中国流行色协会的情况。

梁　勇：

　　首先我谨代表中国流行色协会感谢各位在百忙之中，出席中国科协主办、中国流行色协会承办的学术沙龙,在座的很多是老朋友,也非常高兴今天能够结识不少新朋友。借此机会,我简要介绍一下协会相关的工作。

中国流行色协会成立于1982年,1983年代表中国加入国际流行色委员会,当时中国的丝绸产品90%出口到欧美,如何掌握国外市场的潮流信息,开发出适销对路的产品是当时国家纺织工业部和大型外贸企业的重要工作之一,后来了解到早在1962年国际上就成立了一个国际流行色委员会,专门开展流色和流行趋势研究、预测、应用和发布,与产业界的合作十分密切。因为当时中国刚改革开放不久,1983年通过日本流行色协会的介绍,中国流行色协会成立后就代表中国加入了国际流行色委员会。2004年发起成立了亚洲色彩联合会,协会会员从原来的以纺织品、服装和化妆品为主,发展到汽车与家电、涂料与化工、建筑与装饰、化妆品与美容等几乎与色彩相关的各个领域,甚至一些整容的医生都成了协会会员。

作为中国科协直属的全国性社会团体,协会工作涉及环境、产品和人,也是今天我们要探究的主题内容。协会现在学术活动和推广活动也不少,主要有"色彩中国"系列活动、亚洲色彩论坛和中国时尚创意论坛等,以及各种专题研讨会,出版物有《流行色》、《色彩中国》、《国际纺织品流行趋势》、《国际色彩报告》等。

今天沙龙主要来探究色彩与环境、产品、人之间的关联,提高城市生活的品质,我们期待各位的精彩发言。今天早晨我与沈部长在探讨,是否能在中国科协年会上举办科学与美学论坛,我们要认真研究。最后再次感谢各位,希望各位给予我们更多的帮助和指导。

宋建明:

三亚色彩"江湖论道"现在开始。

关注色彩的 N 个维度

◎ 宋建明

　　色彩渗透到我们生活的方方面面,大家知道,只要人的视觉是正常的,色彩就与我们的生命联系在一起。因此,在我们的世界里,凡与人的日常生活需求发生关系的方方面面,不仅仅能感受到色彩的存在,而且还能感受到它们在发生着作用,同时也带来了我们的困惑。于是我们就会遭遇色彩与如下至少八个领域产生的问题:

　　1. 色彩与科学问题

　　因为人们要依赖科学揭示大自然色彩现象的成因与本质,解析色彩学的原理和规律。这样,在物质世界层面,就要有人追踪那些与色彩相关的物理学、光学、色度学、材料学、化学……在生理层面,就要揭示人类眼睛的颜色视觉系统和感色规律所形成的学科——颜色生理学、颜色病理学……在心理层面,就要揭示色彩心理学等以及那些导致人们心理与色彩关联的社会学科。

　　2. 色彩与技术问题

　　因为人们需要交流色彩感受,需要享受色彩带来的生活品质,因此就要依赖各种各样的工程、工艺和技术来实现色彩的还原、复制、传输、繁殖和衍生等相关色彩效果。于是人们就有了不同层次颜色技术的学科载体:颜色材料学、颜色工艺学、颜色数字技术、测色技术以及今天层出不穷的新技术、新载体。

　　3. 色彩与生活问题

　　这是研究人在日常生活中与色彩感受关系的问题。它涉及衣、食、住、行、用、玩、赏、商;从生理到心理、从需求到习俗、从功能到社会身份……从表层的颜色感觉到深层的意识形态,于是这就产生了从人的需求关联到色彩与产业的物质文明和色彩与文化的精神文明的问题。

4. 色彩与产业问题

这是当代都市生活中最重要的内容,它涉及实体经济与创意产业的领域,因为产品与色彩和谐相融可以提高产品的附加值,企业会因为色彩而重新开辟出新的市场。于是,我们就会看见色彩作用于城市、建筑、家居、服饰、汽车用品直至消费者本人的形象塑造。人的见异思迁心理特征就会被色彩调整成满足时尚产品的期待,这种期待就成了促进商品经济的推动力。于是,色彩与设计、色彩与产品的风格派路、色彩与流行趋势、色彩与品牌塑造、色彩与营销等话题就为产业界所关注。

5. 色彩与文化问题

每一个民族都有相伴自己成长和传承的文化,这种文化身份是这个民族立足于世界之林,拥有国际地位的理由。于是色彩便与人的认知、语言词汇、社会意识、象征,乃至不同文化间的差异与价值取向和复杂的文化要素相关联。

6. 色彩与美学问题

随着物质层面不断的丰富,精神层面的问题便会凸显出来,诸如人们日常生活中的物品的品相、品质、品位、品味、品格及其背后的支撑理念等便与色彩发生着千丝万缕的联系。

7. 色彩与哲学问题

色彩界不停争论的感性与理性问题,人们经常性地迷茫在人的原始感知、被教化成的感知和理性引导下感性之间的差异性,以及科学理性和设计方法的理性的问题……都成为色彩领域内思辨的问题。

8. 色彩与学术问题

追索人类认识色彩和使用色彩的历史,可以找到上万年的证据。关于人和色彩过去的关系似乎尚未有很好的解答,而色彩与人类的当下关系与未来色彩发展趋势如何确立探究的创新点、色彩文化与科技支持的关系,以及经济运营与市场效益最大化的关系,总让人们不断地探讨下去。

总之,在色彩的名义下,林林总总、方方面面的问题,最后都可以落实到本次沙龙设计的主题上:色彩与环境、色彩与产品和色彩与人。这是从大都市大环境到工业产品,最后到人的本身,一定有很多的话题,在座的专家、学者都是在长期的实践中走过来的,一定有许多感受,一定有许多话想说。

色彩的艺术价值与心理健康

◎吴欢

　　我对城市色彩关系的理解是，色彩不仅仅是美术应用的问题，还可以比较直观地去看。城市应该有一种比较理性的，同时能够代表城市风格的色彩设计。尽管我个人从理论上并没有很深地研究它，但我觉得色彩更多的是感性的。但是就艺术而言，艺术无外乎分两类：视觉艺术和听觉艺术。视觉艺术是色彩，听觉艺术是音符，听觉艺术最重要的定义就是好听。而色彩的最高艺术就是好看，艺术的作用是什么呢？艺术是虚的，艺术到底是什么东西？七种色彩是什么意义呢？艺术的价值就是维护人类心理健康。人类心理健康直接影响人的气质，如果心理不健康就会产生混乱。人类需要色彩，人类在生活当中不能缺少色彩，否则不会去研究行为上的东西。色彩与物应该在精神领域上去理解，人类心理健康需要色彩来维持，所以色彩在人类整个生存全过程当中是非常重要的，绝不仅仅局限于一只茶杯、一幢房子，或者物质的种种方面。我们讨论色彩在城市中的这个问题时绝不要低估它涉及整个人类的心理健康，心理健康确确实实非常重要，我们的行为都跟色彩有着非常重要的关系。所以在色彩应用和专业研究方面，有必要让城市规划管理部门有所了解，能对他们产生一些影响，这本身对中国政治、经济、社会的各个方面都是有好处的。

色彩与城市生活

◎于西蔓

　　色彩与城市的环境，现在比较风行的说法和做法就是城市色彩的科学规划，我认为这次学术沙龙非常难得，所以，很希望能通过我们学术层面的色彩研究，对色彩与城市的关联性有深入研究，落实城市色彩规划，真正让城市有品位起来。我认为城市色彩规划应该是对所有城市色彩关系的整合。城市色彩是数以万计的，这些色彩如果不加以整理，早晚会带来问题。中国城市面临的是不同历史建设时期、不同的观点、不同建设风格、不同时期设计水平和材质而导致色彩的使用不同等问题。有人说城市的色彩规划是由不懂色彩的人来决策的，这是我们不得不承认的事实。说直白一些，现在房地产商扮演着建设城市并给城市带来色彩的角色，他们中的一半是在经济改革当中逐渐成熟起来的，实际上他们对色彩根本没有研究，只是根据自己喜好的用色来建设这个城市，因此现在确实给人带来视觉方面的一些影响。在这个问题上，我一直认为城市色彩是感性的，重要的是提这个观点从学术走向实践，再走向应用，最重要的是首先给城市管理者一个观念：要以理性的管理者、理性的感觉者来看待和管理维护城市色彩，要给各级政府科学的城市色彩管理工具。所以，如何让色彩能够在城市色彩景观形成维护管理和未来延伸中发挥作用，具有特别重要的意义。

　　第二个意义，色彩是城市历史脉络的延续。一个城市总有一些东西可从色彩方面去传承，当然这个可以放到很多层面，可从人文风俗的方方面面去研究。我们从历史中挖掘出很多东西，可以通过城市色彩的各种要素的

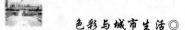

表达方式来表现。当然,另外一个现实就是人居环境质量指标的提升,这是我们的工作重心与愿望所在。我们都希望感受到自己生活的城市很舒适,能够给自己一种良性的刺激,然后有助于自己的审美价值观,不是只停留在初级的感受阶段,而能够向更高级,甚至向最高级提升,能够产生关联性的价值认知,向这种方向跨越,我想是非常重要的。所以,我们可以在学术方面有一种研讨的延伸,在城市色彩的规划方面的科学体系化部分,还有什么问题要研讨,还有哪些不完善?我们学术界首先要完善它,然后需要解决人才不足的问题,接下来我们研讨方向是如何将我们学术科学研究成果向各个城市落实,真正让城市按照科学发展观来规划,能够从理论学术神台上走下来,然后逐渐改变城市的风貌。在未来的5~10年中,希望我们的城市环境会好起来,会用色彩使我们的生活提升。

宋建明:

下面讨论色彩的科学问题,请浙江大学叶关荣教授给我们介绍他的领域。

色彩科学应用最新进展

◎叶关荣

我给大家介绍一下 2007 年国际颜色大会的一些情况。大家都知道,色彩科学应用很广,不管是纺织工业、汽车工业,还是彩色摄影、电视机等,也包括我们的城市色彩,通常要开专题会来研究不同专题的问题。

CIE 是国际照明委员会,其中有很多分部,第一分部主要研究视觉与颜色,另外还有一个国际组织是 AIC,即国际颜色学会,研究颜色科学的各种应用与颜色科学理论。实际上这两个部门参加的人员有交叉,在这两个国际组织中,研究的重点方向比我们在这里讲得更多一点,特别是最近研究 LED。2008 年初我参加国际会议,比较重视就是研究人的眼睛在低亮度情况下各种光源的目视效率。人眼视网膜有两种细胞,锥体细胞和杆体细胞;如果环境亮度比较高,亮度大于 $3 \ cd/m^2$ 时,锥体细胞工作,它能分辨颜色;如果环境很暗,亮度低于 $0.001 \ cd/m^2$ 时,人眼的杆体细胞起作用了,它的灵敏度高,在黑暗中能分辨物体轮廓,但不能分辨颜色。在两个亮度之间情况下,我们称它为中间视觉,这时杆体细胞与锥体细胞同时运行。

环境亮度降低时,人眼杆体细胞起作用,这时我们对不同光的颜色敏感程度发生变化。举一个例子,高亮度的时候,我们可以看清物体的颜色,当环境亮度逐步降低时,人对颜色分辨能力会降低,这说明杆体细胞的作用。当环境亮度低于 $0.001 \ cd/m^2$ 时,我们看到的环境只有明暗的差别,分辨不出颜色。对于这些特点,我们对照明做了一些实验研究。

假定我们在亮度环境,亮度大于 $3 \ cd/m^2$ 时,观察两个有相同亮度的蓝色和红色光谱,当环境亮度逐步下降时,蓝色光谱的目视亮度会慢慢地超过红色光谱的亮度。道路照明是一个实际的例子,白光光源的光谱组成中,蓝色光谱多于黄色的高压钠灯。当环境亮度在中间视觉范围时,白光照明对道路表面的主观目视亮度会提高。

所以,从这个角度来讲,道路照明应用的光源应该进行修改,放弃金黄色的灯光,应用白光照明。

另外,对 LED 发光效率的估计,美国的研究者做了一些计算,我们也得了一些结果,对于蓝光激发的白光 LED 进行了理论计算,它的理论发光效率在182.45 lm/W 左右,这时显色性指数为100;如果降低一些显色性指数,理论发光效率能达到 200 lm/W。这是我在上次国际 LED 专家会议上作的报告,这是后面的计算方法,有兴趣可以看一下详细的计算方法。

另外,国际会议还讨论了很多规划,这里有很多包括美国、日本、韩国的规划,其中有用于纺织工业的计算机配色,均匀颜色空间的研究,要求色空间各色区在同样色差距离能有同样的视觉色差,研究等距离的色空间,在这次国际会议上介绍很多的方法。

下面介绍,我们如何去复现出一个很古老的画,几乎可以做到以假乱真,可以利用多光谱的技术,这一技术不是采用三个光谱色,而是用很多光谱对样品进行测量,应用多光谱技术后,这一古画的复制完全能以假乱真了。

例如,应用多光谱技术复制瓷瓶上的画,我们以不同角度对瓷瓶进行光谱测试,然后用光谱复现图像,进行非常完整的分析,复现出瓷瓶上的图案,这种技术在美国、日本包括欧洲一些国家都有很多应用,我们国内也进行了一些研究。

可应用多光谱的方法进行图像的传递,这种传递比较复杂,还正在进行试验。

再一个就是计算机图像处理，我们怎样在计算机显示器上形成网上图像交流和复现。我看到的实际图片能不能在计算机上复制，这就需要做颜色空间的研究工作，这个工作很有价值，将会使网上采购有很大发展，如果要买这个东西，网上看到的就是实物样子。

另外，关于高清数字电视图像处理，还有我们对手机环境的适应。手机屏幕在太阳光下不能看清，在暗的地方可以看清，我们用什么样的方法，在很强的光下可以看清手机屏幕，如何解决这些具体的问题都会在颜色大会上进行讨论。室外的大屏幕图像在阳光下也可以看清，我们就是要将这个技术过渡到手机上去。

在城市环境颜色分析方面，比如说，分析城市色彩在 LAB 色度系统中大概占的范围多少，对建筑进行色彩分析以后，建立色彩立体，利用国际标准系统对它进行分析，之后，它的色度坐标点就可以计算出来，依据这张照片整合出颜色坐标点。城市色彩分析都是采用这种方式，更加感性，等于直接用计算机模型来分析城市色彩。

宋建明：

这个计算机色彩模型，有没有这个软件？

叶关荣：

有的，实际上讲建筑楼群的颜色参数可计算出来，已经有那块颜色，把它变换成坐标就成了，这个软件很快就开发出来了。

另外，数字彩色复现技术在纺织、印刷方面有很多应用，计算机自动配色应用于染料、油墨和纺织品等其他不同的产品。经过理论计算可进行自动配色，这些技术在国际颜色大会上都进行了介绍。

借此机会我把白光道路照明的应用讲一下，为什么国际照明应用非常重视这一研究,国内还在争论。从能源结构来讲,看看以前的低压钠灯,光效很高,我国没有用,欧洲有很多应用,这次在欧洲考察看到还有地方没换掉,后来出现高效率的高压钠灯替代了低压钠灯,高压钠灯显色性比低压钠灯好,可以降低交通事故。但是,它的显示性还是不够好。到20世纪80~90年代,研究成功了金卤灯,是白光,显色指数非常好。比较有利的是,2007年我国公布了公路照明设计标准,这个标准就是我们对于道路照明的亮度要求是 $0.5 \sim 2.0 \text{cd/m}^2$,白光照明对提高视觉亮度有利。LED 照明也是白光应用,我们逐步推广 LED 路灯照明,可降低照明能耗。

梁　勇:

这个 LED 在国内推广比例大概多少?

叶关荣:

刚开始推广,昨天在厦门做了试验。

梁　勇:

这样对中国照明企业又是洗牌的过程。

叶关荣:

我们可以看到,以暗视觉和明视觉效率比来计算,如果我们用高压钠灯照明,是0.63;如果用白色的6500K色温LED照明,是1.94。现在对比还很有争论,但是可从理论上证明白光照明的优点。

宋建明:

这种灯的价格怎样?

叶关荣：

随着技术的提高，它的价格会降下来。

梁　勇：

没有光污染吗？

叶关荣：

都在这个中间视觉之内，用常规仪器测量出来的结果，与人眼主观亮度是不一样的，现在主要研究的中间视觉用什么仪器去测量它，要做一个试验，杭州现在已经有了，阳光喷泉是这样应用的，已经实现了。

新世纪的中国色彩记忆

◎张颐武

　　非常有幸到这里学习与交流，我觉得研究色彩有非常大的意义，过去计划经济时代大家看到城市里的生活是"蓝蚂蚁"的结构，当时的中国社会把消费压到最低，压到最低以后其实不可能有色彩多样化的变化，只能把色彩压到最少。因为整个消费水准是最低的，城市本身不可能有一个多样色彩，压到最低是最有效率的配置，就是生产为主导的文化模式。色彩多，不利于社会的组织，所以色彩单一，不论城市和人都是单个色彩，这样规模的组织生产和快速活动，被认为是最有效率的。而现在中国的社会发生了根本的变化，从生产性社会向消费性社会转变，这个转变结果造成这些年来大家都有一个狂热欲望。一个方面，大家对色彩追求是非常狂热、非常巨大的，而且大家参与，不论是城市的运营，还是日常生活经验表明，我们的色彩一直有一个很大的爆炸性变化，这个变化就是无限多样，搞出很多花样，很混乱，大家看到中国的城市还有中国人都是非常混乱的状态，可以说一种美丽的混乱，大家的色彩很多样，但是非常乱。陈逸飞先生生前跟我聊天，曾经非常感慨，认为中国城市，人不太讲究，中国人太急。比如说我们早年对品牌的追求，那个时候有一种眼镜叫"蛤蟆镜"，镜子上有一个商标，戴的时候却不忍心把商标拿掉。

　　30年来我们的变化确实非常大。我们有同色彩一起奔跑的记忆，有我们共同分享的快乐和忧伤，它们凝结了中国变革大时代的侧影。这些面孔里有中国人的足迹，也记载了"中国梦"的痕迹。

30 年的色彩变化是我们的梦想的变化和成长的记忆,是中国人民的记忆。30 年,我们经历了"中国梦"的成长的伟大的旅程。30 年来,我们可以说走过了三个阶段,从 20 世纪 80 年代的"新时期"到 90 年代的"后新时期"直到今天的"新世纪"。

20 世纪 80 年代的中国刚刚经过"文化大革命",正处在一个精神解放的时代。当时的人们把一切都视为精神解放的表征,一条牛仔裤、一副"蛤蟆镜"都意味着从精神上摆脱压抑,需求新的空间的努力。其实 80 年代的主题,就是如何将个人从计划经济时代宏大的集体性话语中脱离出来。80 年代的"主体性"的召唤,表达出来就是这种"个人"存在的精神性的要求。无论是萨特还是弗洛伊德其实都是为这个新的"个人"的出现发出召唤。这个"主体性"个人的展开,直接提供了思想和精神从原有的秩序中"解放"的想象。"主体性"正是整个 80 年代从原有的计划经济话语中脱离的基础,而这个"主体性"正是新的"现代性"展开的前提。80 年代其实具体地展现了这一"主体性"的话语。正是这种"主体性"的寻找,变成了 80 年代的"现代性"赋予我们的最大的梦想。当时的"新时期文学"主导着各种大众文化的复兴。这些都是中国人从匮乏中挣脱的时候,追求精神上个人确立的努力的一部分。

20 世纪 90 年代的"后新时期"文化的特点就在于一种"物质性"的出现。没有物质性的变化,我们就不可能有新的未来。虽然可能丢失 80 年代宝贵的东西,但这丢失却是我们无法选择的必然。80 年代的文化中我们的想象是建立在精神的基础上的,好像是用头脑站立在世界上,我们虽然仍然面对匮乏的生活和来自外界的物质性的新诱惑,但纯粹的精神追求和抽象的理想支撑了我们的想象和追问。所以,80 年代的"新时期"虽然有极大的物质性的吸引的背景,却是在精神的层面上展开自身的,它依然是不及物的。这里的追求几乎忽略了"物质"的诱惑和吸引。但 90 年代的后新时期却是将 80 年代抽象的精神转变为物质的追求。最初消费诱惑的力量，当年抽象的"主体性"今天在现实的全球化和市场化时代需要具体的支撑。80 年代和 90 年代其实在断裂中自有其连续性。90 年代将 80 年代抽象的"主体"变成了全球化和市场化的实实在在的"个人"，80 年代的"主体"是以抽象的精神进入世界的，它仅仅表达了一个真诚而单纯的愿望，也提供了一个可能性的展开。它没有物质支撑的空洞性，正需要 90 年代的填充。而 90 年代的这些中国的"个人"以实实在在的劳动力加入了世界，用自己的具体的劳动和低廉的收入寻找一个实实在在的物质性的世界。所以，我们会发现其实正是 20 世纪的 90 年代给了抽象的 80 年代一个具体的、感性的现实。80 年代的那些抽象而浪漫的观念正是被 90 年代的消费愿望和物质追求所具体化的。

进入 21 世纪，中国文化进入了一个"新世纪文化"的历史阶段。中国的和平崛起伴随着加入 WTO、申奥和申博的成功而已经变成了现实。这种转变可以用《新周刊》2003 年 10 月 1 日那一期的表述来形容。这一期《新周刊》的主题是"新新中国"，其中有这样一个表述让我有所触动："对于'中国'来说，'新中国'这个词语一直在表明政治上的新，政体的更新；如今在生活方式、文化时尚形态上有着全新的方向与发展可能，'新新中国'冒升而出。"这个"新新中国"的描述的确抓住了问题的核心。中国的历史发生的改变可以说在日常生活层面和全球层面上都前所未有。90 年代以来全球和中国的一系列变化到新世纪已经由朦胧而日渐清晰。中国作为全球生产和资本投入中心的崛起是和新的世界秩序的日益成形几乎是同步的过程。中国开始告别现代以来的"弱者"形象，逐渐成为强者的一员。新的秩序目前并没有使中国面临灾难和痛苦，而是获得了前所未有的发展机遇。中国内部当然还有许多问题，外部也还有许多挑战，但伴随着新世纪，中国的两个进程已经完全进入了实现的阶段：首先，中国告别贫困，高速的成长

"脱贫困化"正是今天中国的全球形象的焦点。其次,中国在全球发挥的历史作用已经能够和全部 20 世纪的中国历史划开界限,中国的"脱第三世界化"也日见明显。这两个进程正在改变整个世界,而这种改变强烈地需要新的文化想象。这个被《新周刊》称为"新新中国"的新的前景已经展现在人们面前。当然,目前我们的文化也还存在不少的问题。如在高端文化中,中华文化的普遍性价值还没有被充分认知。天人合一,和而不同的价值还没有充分被世界所了解。低端文化方面,大众文化的竞争力还远远没有和经济成长相适应,我们的文化和社会面临的挑战也需要真实面对。但无论如何,一个充满活力的、人民有自信和自觉的中国已经展现在世界的面前。

目前全球经济面临严重的问题,世界的发展进程也遇到了严重的挑战,在这个时刻,重温 30 年来中国发展的经验,回到中国人走过的道路上去汲取走向未来的力量,正是我们纪念这 30 年发展的最为重要的意义。

在各种色彩中我们所看到的是中国和她的人民在这样伟大的旅程中的成长。三十年来我们含辛茹苦的奋斗所积累的财富和力量把中国送到了这个时刻。我们大家都是历史的创造者。

有一张封面,中国人正在长跑,它是如此的打动着我。我喜欢那句名言:"人生就像马拉松。"马拉松那漫长的距离真的很像我们的人生,有起伏有曲折,有最艰难的极限时刻,也有一马平川的流畅瞬间。马拉松不像百米跑,只是瞬间的爆发,马拉松需要无尽的韧性和坚韧,需要"熬"住的耐心和如止水般的平静。百米跑像是我们遇到的人生的关口,如高考或者求职面试的时刻,它需要瞬间发挥所有的能力。而马拉松则是我们的人生本身,每一刻都是重要的,一刻也不能放松。对于个人,人生的马拉松有一个终点,就是生命的终点。但在跑的时候,我们都期望在那个终点无愧于自己的一生。世界其实有点像一个赛场,人们各个国家都希望在奔跑中领先,对于一个国家来说,这个马拉松永无终点。中国在过去的一百年间在世界的马拉松中落在了后面,但中国没有放弃向前奔跑,没有放弃追赶,从来没有停止追求梦想的努力。正是一代代人的前仆后继,正是三十年来我们的含辛茹苦,让今天的我们已经开始追上了领跑者的步伐,开始看到了前方的目标。但这个国家和她的人民知道,自己过去跑得很辛苦,今天我们还需要继续努力向前。本次奥运会是其途中的一次庆贺和鼓励,但生命还需要在马拉松中间实现自己,一个国家需要在这场无尽的马拉松中保持体力和耐力,永远奋力向前。

　　中国的奔跑在继续。我们每个人的人生奔跑在继续,让我们永远在自己的人生中努力向前,让这个国家在奔跑中获得更多的光荣,实现更多的梦想。

北京奥运会形象景观的色彩设计规划

◎曾　辉

可以说,以和谐为设计的核心价值理念、充分体现中国文化元素的形象景观,是这次北京奥运会最为突出的特色之一,其设计规划是实现"有特色、高水平、展示国家形象"奥运会形象景观的重要方式。奥运会后,北京市已经把"人文北京、科技北京、绿色北京"作为北京新的发展战略,直接把奥运理念转化为北京理念,让奥运思想遗产、管理遗产和文化遗产常态化。因此,如何实现奥运会形象景观核心理念和设计规划的"常态化",亦是我们应当认真分析和总结的。

1. 中国文化元素的充分应用

北京奥运会形象元素中,体现中国文化特色的代表形象之一的"祥云"图形在此次奥运会景观中应用面非常大,具备着核心图形的地位,成为北京奥运会景观的主体形象。看似丰富多彩的祥云图形,其实都是从同一种祥云"母版"中采取不同的切割和组合的方式构成的,既实现了功能分区、色彩识别的需要,又不破坏整体景观的统一性、秩序感。从景观旗、竞赛场地围挡、观众席装饰到建筑外立面景观软装饰,在场馆景观和城市景观的几乎每一个角落都有"祥云"的身影。祥云图形之外,北京奥运景观还大量采用了中国传统文化的元素,比如主新闻中心以"风、雅、颂"为题,规划出三层主街的文化定位。

2. 色彩渐变体系的创新设计

为了在奥运会上更好地展示中国独特的文化特点和文化元素,北京奥运会色彩系统采用的是由中国红、青花蓝、国槐绿、琉璃黄、长城灰、玉脂白等6组主色和10种辅助色构成的色彩系统;并由双色、四色和多色渐变形式呈现的祥云纹样,与中国传统文化中内敛、优雅、质朴的风格相吻合。以往奥运会如悉尼、雅典的核心图形只是通过色块切割来表现,而北京奥运景观首次采用了双色、多色的渐变效果,显得更加丰富,充满梦幻和活力。形象景观是为了给奥运场馆点睛添彩的,为了避免过于花哨的感觉,就要以"添彩不添乱"为原则,保持场馆景观的高度统一,同时规定了不同的使用形式和适用范围。

由于比赛区域以蓝色的冷色调为主,在场馆室内整体景观色彩处理上,原则上采取了自下而上、由冷到暖渐变的色彩层级关系,从蓝绿色调到红黄色调,利用观众席装饰带和媒体看台装饰条,有序地形成色彩分层。目的就是丰富和强化场馆室内的景观效果,使电视镜头画面呈现出北京奥运会的中国特色,而不是悉尼、雅典奥运场馆景观的翻版。

3. 场馆景观与城市景观的协调关系

为了体现奥运景观的人文和谐之美,根据北京奥组委形象景观总体规划,形象元素必须是高度统一的,景观形象要与建筑风格保持协调一致,并与场馆周边的城市景观保持和谐关系。在形象景观统一风格前提下,可适度体现京外奥运项目举办城市地域特点和赛事的特色,但应有20%的量化比例控制,形成和谐统一、具有一定特色的奥运城市景观。

4. 遵循惯例与创新突破的奥运景观

奥运会视觉传达模式从平面系统向多维系统发展,以功能景观系统、展示景观系统和人文景观系统三个系统,形成了北京奥运会形象景观的多维系统模式,是对奥运会形象景观原有模式的充实、完善和新的提升。

宋建明：

从曾辉先生介绍的方案，我们看到了在一个伟大的工程中色彩发挥的作用，这是很不容易的事情。奥运会是这个地球上伟大的事件，在奥运会上中国人表现出来的智慧和非常灿烂的场景，得到国际人士的尊敬。曾辉和他的团队为此花了很多时间，实在是时间所限。如果自由发挥，他们如此长的探索经历和感受，让我们把所有的时间都给他大概也不够用。

今天上午，我们争取把大家的观点都亮一下，以便下午有更多一点的时间能就彼此感兴趣的问题展开互动讨论。

城市环境色彩的文化诠释

◎丁　圆

　　城市环境色彩是一个宽泛的概念,从广义上讲,它包含了人们生活活动的城市外部空间的色彩。具体而言,它涉及所处地区的自然环境色彩,如天空、河流、树林、草地、山冈等的色彩;人工构筑物的环境色彩,如建筑外部、路面、标志、广告牌、环境设施、城市家居等色彩。具体而言,城市环境色彩是涉及城市形态、视觉形象和公众生活环境质量的重要组成部分,它体现了城市和地方文化的鲜明个性,也体现着城市发展的水平。从这种意义上讲,城市的环境色彩不仅具备物质性和视觉形象的功能,同时还具备文化性和社会心理方面的功能。因此,色彩虽然可以理性地从物理学、化学等科学的角度加以定义和分析,通过技术手段复制和再现光色变化,但是科学和技术无法阐述色彩的文化现象和人们的感性认知。当我们发现并分析城市的色彩环境特征、重塑城市文化氛围时,我们会认为更重要的是从感性的角度、从文化的方面去创造人们的心理和生理的认同。因此,塑造城市环境色彩的地域环境特征更应该从文化背景和感性认知的层面去认识和读解。

　　1. 城市环境色彩特征产生的主要原因

　　早期的城市色彩特征产生的主要原因是"限制",包括交通、信息、技术的限制,体现了材料本身的色彩特征。

　　人们居住的生活环境受到地形地貌、气候条件和物产资源条件的限制,各不相同。早期城镇的建设几乎毫无例外地选择了就近取材,选择当地的石、木、土等既有的天然材料,并根据材料特性创造出适合的建造工艺和施工做法,构筑人们的生产生活环境。当地朴实的原始材料,使得城镇的环境色彩与自然环境融为了一体,形成了和谐的统一,并逐渐形成了地方环境色彩的特征。

意大利南部著名的历史文化名城 Matera 是沿山构筑起来的城镇。几百年来,这座城市构筑建筑物、道路、阶梯等使用的所有原材料都是来自于当地山上的石材。石头垒起的墙垣、石块铺砌的街道,甚至屋顶都是用片状的石材覆盖的。建在山崖上的城镇,并非一蹴而就,而是经过了漫长的时间积累,逐步由下往上发展起来的。早期的建筑经过风雨侵蚀,已经和山石融为一体。人工构筑城镇的出现,宛如在自然岩石上生长起来的一样,并没有破坏原有的自然环境色彩。人工色彩的痕迹仅仅停留在窗口、入口和屋顶平台上,红褐色形成了色彩的点缀和亮点。

中国南部的泉州位于台湾海峡的西侧。由于北部高大山脉的阻隔,与中原内陆地区交通受阻,又濒临大海,近海水陆交通便利,贸易和渔业发达,因此造就了独特的多元文化特征。运用当地红黏土烧制红砖、红瓦,利用捕鱼捕捞的海蛎子壳的坚硬特性作为极具当地特色的特殊建材,兼顾部分山石的土黄色,形成当地独特的红色主流,配以灰白、土黄环境主色调。

2. 城市环境色彩的文化性

如果说材料本身的色彩特征产生于环境条件和技术的限制,是迫不得已的选择的话,那么建筑物、构造物局部的重点色彩装饰点缀则是人为的决定,即受到地域文化影响和认同,以体现差异性、个性特征和社会属性等级。

城市环境色彩的文化性的重要价值在于以下三点:

(1)色彩往往比造型更具有视觉冲击力和吸引力。

(2)色彩容易形成鲜明的地方特征。

(3)色彩又具备象征性的意义。

就色彩的象征意义而言,白色代表纯洁和高尚,又代表恐惧和死亡。喜欢传统红色喜庆的中国人绝对不会在婚礼上使用白色装饰,给尊贵的客人带上白花。而在日本却认为白色是高贵纯洁的象征,因此出席婚宴的嘉宾会戴上白色领带和佩以白色胸花。

在环境色彩方面,农业社会主要表现在两个层面:一种是田园诗般的、与自然和谐统一的色彩;另一种是表现统治阶级的尊贵、奢华和等级制度的色彩规则。人们对色彩的认识是建立在静止、固有的原则上的,并由此创造出一种有秩序的环境色彩。如北京城市总体色彩的灰调子,与象征皇家、宗教尊贵和威仪的金黄色、大红色,使得整个城市环境处于统一又不失特色的状况。

3. 艺术表现城市环境色彩演化的原动力

色彩的真正公众化首先是从艺术领域探索开始的。

古典主义的色彩表现是建立在静止、固有的色彩理解上的。如西方大卫与安格尔等艺术家多采用中性或者沉重的底色,创造出整体的画面色调。大部分古典主义城市和建筑也是建立在材料的固有色和与环境色相协调的基础上来处理环境与色彩的关系。

艺术表现的探索,如印象派绘画在色彩学上终结了传统的古典主义色彩原则,掀起了一场色彩观念的革命。他们观察光线的变化、阴影和反光,动态地审视和发现了色彩的新内涵。印象主义改变了人们对于固有的色彩搭配关系理解,揭示出了色彩具有更多的视觉表达的能力和方法。其后出现的野兽派强调了色彩饱和度和随意性产生的特殊效果,至上主义和构成主义表达了对色彩的理性控制。风格派把色彩抽象原则归纳成为原色上加上黑与白,抽象表现主义其代表人物康定斯基使用饱和的色彩创造出柔和的色彩关系,达到了脱俗的浪漫效果。

与此相对,城市出现了色彩倾向趋势。以拉斯维加斯为代表的美国商业美术的色彩体系、早期美国装饰艺术运动与流线型时期的装饰色彩表现等,现代人工构筑的环境色彩变得空前复杂。虽然这些城市建筑及环境色彩离不开新技术、新材料的依托,但是环境色彩的演化已经明显受到新艺术思维和表现的影响。特别是工业化社会时代里新技术、新材料的应用,特别是钢铁、水泥和玻璃等材料在城市建设中的大量运用,带来了城市环境色彩的又一次大变革。冷漠的工业社会的理性化、秩序化的色彩美学原则,最终导致了中性色彩的国际主义风格统治了世界。打破既成规律,用当代色彩艺术观彰显个性,色彩更加饱和、淳厚,更富韵律。典型的如盖里设计的西雅图音乐体验博物馆,入口处采用鲜艳的大红色,突出了入口特征,强调了建筑的个性。环境色彩的使用开始抛弃原有的固化概念,其表现形式打破了旧有观念的束缚,开始积极寻找新的视觉感受。

4. 城市环境色彩的同一性与差异性的博弈

进入 21 世纪,交通、信息和技术普及、变化无疑成为当今世界的主要特征。在这种急剧的变化之中,共同性的扩大和差异性的彰显更成了并行不悖的两种趋势。一方面,在全球化背景下的交通便利、信息迅捷、经济协作、文化融合,使得以民族国家为基点、以洲际地理为区划的原有的社会经济和文化受到了激烈撞击,世界由此呈现出了全球一体化的趋势。而另一方面,在全球一体化基础上所形成的共同性的扩大,并没有抹杀世界的差异性,却是以差异性的存在作为发展的前提。事实是,不仅固有的差异性依然存在,与此同时,还在新的条件下生成了新的差异性。因此我们生活的这个时代,在不断走向融合的同时依然是如此丰富多彩。

从 20 世纪 80 年代开始,伴随着我国工业化经济的快速发展,城市建设也进入了前所未有的量化发展阶段,创造了大拆大建的表面繁荣。原有的传统的宜人尺度、灰瓦白墙、蓝天绿树的城市肌理和色彩,突然之间演变成为钢筋混凝土和玻璃的世界,蓝色、绿色、茶色的镜面玻璃、花岗岩、大理石,还有各色的陶砖和涂料,色彩缤纷杂乱。心理和感受产生错觉,以至产生地理认同的混乱。事实上,文化是极具个性和地方差异性的,过多地利用纷杂的色彩和雷同的色彩搭配的表现手法来突出所谓的个性,其结果却是丧失个性,丧失地域文化氛围。

5. 统一主基调与强调有序多样性的新实践

色彩的应用应该在充分考虑到所处主体环境的色彩特征,并与之协调的前提下,突出小区域环境的个性。强调有序复杂性,并非指单一、统一和单调,而是在相对统一的整体色调背景下,赋予色彩新的内涵,探讨新的色彩表现手段。如光效艺术与媒体艺术的发展带来了新的色彩表现方式,可控性、非固定的、变幻的光色体现了现代都市环境色彩的新感受。

现行的城市环境色彩规划往往尽可能从技术层面进行分析(包括色卡、色谱等),并制订相关色卡、技术参数等规范性保障措施,希望用此来控制色彩。但是,由于城市环境色彩受到城市空间尺度、观察视点、视角、空气透明度、折射、生活习惯、心理因素等多方面的影响,科学理性的做法有时无法根本解决问题。同时,城市环境色彩由建筑物、构筑物以及各种服务设施的色彩综合构成,有层次之分、主次之别。如果都用相同手法来构筑色彩体系,那么必将会造成色彩混乱,顾此失彼。

2008年初,为了配合北京奥运会的城市环境改造,笔者承担了由北京2008环境建设指挥部办公室委托的前三门大街环境改造和城市公共服务设施规划。在公共服务设施色彩规划时,本着尊重整体环境背景色彩为前提的规划理念,在统一色彩基调中,分类主题色和点缀色来突出公共服务设施。

(1)前三门大街环境色彩现状。

北京市前三门大街属于内二环路的南段,横跨东城、西城、宣武和崇文四个核心城市区域。东至东便门,西至西便门,是一条平行于长安街的、东西方向的城市主干道,联系着西便门、宣武门、前门、崇文门和东便门几个重要的城市交通节点。沿街两侧涉及各个历史阶段建造的各种形式建筑物，以及商业、居住、行政、交通、军事、公共事业等多种城市功能业态。其主要现状可以归纳为以下几点：街道功能形态复杂；车流量大，人流量大；重要城市交通节点多；沿街公共服务设施类型多、数量多；城市环境色彩复杂，已经改变了原有城市的灰色调主体，开始偏向灰蓝等冷色系。与此相对的主要设置方面和色彩方面的问题在于挤占便道、附带广告多、缺乏统一标志、造型色彩混乱、缺乏美感和设计感。

（2）环境色与设施色的色彩构成。

任何事物都是存在于大环境背景中的，因此公共服务设施色彩体系规划与设计必须尊重环境色彩，既要融于环境之中又要凸现设施自身的存在。因此，针对不同的公共服务设施进行环境色与设施色的色彩构成关系比较分析，并与国外一些相对成熟的案例进行对比，找出问题点和解决的方式。

同时，比较国外一些实际案例可以发现，公共服务设施的色彩与周边环境色彩相协调，在局部用相对鲜艳的点缀色加以提示，以突出公共服务设施的物体性质和空间位置。又通过分析点缀色所占用的物体投影面积可以发现，点缀色所占比例不超过10%。倘若点缀色所占的比重过大，那么就会演化为物体主色调，改变物体的色彩属性。

通过比较可以得出以下的结论，并作为色彩规划的依据。

1）环境色彩由规划对象物体本色和所处环境色综合构成；

2）构成物体色彩的比例关系决定物体的最终色彩特征；

3）规划对象物体的主色调与环境色相协调，同时应通过点缀色来提醒设施分类特征和突出设施位置；

4）点缀色使用量应控制在整个物体的表面积的10%左右。

（3）主色调与分类色彩趋向。

1）主色调确定的依据是城市总体色彩基调和奥运会所规定的主体色

彩,选择确定以北京城固有的灰色基调,配以琉璃黄、国槐绿、青花蓝的色系分类点缀色作为设施提醒色,突出设施的存在和色彩特征;

2)分类设施的点缀色彩与主基调色之间的位置关系、色彩构成比例之间的分析、探索。通过色彩关系比较,得出色彩搭配的关系原则。

(4)公共服务设施色彩体系设计。

根据以上的色彩体系,针对不同的设施进行色彩设计。通过实践可以发现,过分追求自身色彩的标新立异往往会造成整个城市色彩环境的混乱,反而很难突出自身的存在。因此,应该建立在统一的前提下的有序多样性的色彩体系,才能达到整体色彩环境的融合。

6. 建议实行"首席城市色彩学家"

城市环境色彩的读解既包含科学理性的分析和技术支持,又包括人们感性认识和文化认同。因此在城市环境色彩规划和监管实施时,除了制订相关选色的色卡、色标和规划详细图纸外,还有必要组建一个由色彩专家组成的专业团队,针对所选择材料、色彩搭配的具体方式以及色彩实施方式等进行专业分类甄别和有效管理。"首席城市色彩学家"是专项职能机构或专家,除了要具备专业色彩知识以外,还需要对地域文化、规划知识、以及材料方面等有相当的见解。其职责独立于现行的行政管理部门,工作重点包括:

(1)组织研讨城市文化与城市环境色彩的相关课题,参与制订城市环境色彩规划。

(2)负责监督和落实相关城市色彩法规。

(3)负责解释相关色彩法规条款,制定色彩申报流程和提交细节内容,并向批复部门提供批复建议。

(4)对有争议的色彩申报批复有权进行复审和备案。

(5)负责具体色彩设计的实施,并对最终成果进行签字验收。

通过专家或独立职能组织机构的专业分析和判断,使得城市色彩规划在科学法规的前提下,避免出现实施管理层面上的失误。

宋建明:

丁圆教授通过他的实践道出很具体、很到位的话语。我们注意到他刚才提到在城市中设立一个首席色彩学者来管理这个城市色彩营造是一个很有意义的提议。尽管这个首席色彩学者怎么选定?凭什么选的是他?他能起什么样的作用?还有很多工作可以思考与研究。

以人为本的色彩规划

◎周家杰

　　我是从事汽车行业的,今天上午的主题是城市的色彩,我比较外行。我们从事市场工作,应该是更接近顾客,或者是从消费者的角度讲述自己的一些观点,谈不上十分学术化。其实,城市的颜色间接影响了消费者选择产品颜色的决定。比如,顾客买车许多都偏好银色,在汽车产品里,中国跟亚洲其他国家以及欧美国家存在一个比较大的差别,我们对灰色性选择的比例高于欧美灰色性的选择。顾客认为灰色比较耐脏,因为城市常常是灰蒙蒙的。我们看到,城市较多街道的绿景因灰尘多都变成灰绿色。顾客不喜欢车的色彩跟城市色彩不协调,所以选择耐脏的灰色,他们甚至选用的一些建材外观的色彩也是灰色;然而,往往轿车里面内饰色彩,顾客想有一些大胆的选择,但是,也会担心内饰跟外观颜色不大匹配。包括他们的衣服穿着、选择的手机等,同时考虑到周围环境颜色的和谐。我想在座各位的手机除了女士之外,很多手机都是灰色、黑色或者银色的。

　　作为一些材料的供应商,他们可能会说,这就是顾客的需求。我们提供原料的颜色也加大了灰色系的生产,导致灰色系成本相当低,成本越低,利润就越高。从城市规划方面甚至也推荐灰色为一种顾客需求,这样灰色会好销,周而复始,灰色成为主流色,就形成一种循环。

　　我个人认为,这究竟是不是顾客所想要的,这几年跟踪客户时,我们发现并不完全是这样。尤其是随着人均 GDP 水平的提高,前几年国内汽车市场迅猛发展,拥有车的人数不断上升,可供顾客选择的颜色多了起来,为什么呢？进入中国各个行业的厂商比较多,大家也敢于表现一些个性化的东西,明显感觉到选择个性的越来越多。还有一点就是人群年龄有很大的差别,年轻人与老年人的选择其实有很多相像的地方,中年人群三四十岁甚至五十岁刚出头的人群,事业处于奋斗期,他们选择颜色更多是安全色;但是年轻人,如二十多岁的人群,更多是独生子女,他们的生长环境让他们感觉想要什么颜色就是什么颜色,可能不太管别人怎么看。但是年龄大一些,可能颜色又有比较大的变化。国外开绚丽颜色的跑车的很多是老人,但大家看到中国开跑车的可能相对来说比较年轻,或者是一些像广告行业、设计行业这样比较个性化的企业老板可能喜欢开五颜六色的跑车,在国外可能并不是这样。比如,我30来岁在企业干,我只适合开别克或者比较普通的日系车,等到六七十岁可能会开跑车,选择颜色也可以大胆点。大家可能经常去一些国家,例如在北美温哥华,常常看到开跑车的可能是一些年轻的华人。中国现在发生了一些变化,这些变化需要考虑我们的顾客是谁。

其实判断一个城市颜色好坏有没有一个标准,中国人对城市的色彩有没有认同,现在大家为什么抱怨那么多城市的色彩都是灰色的？我们采用这种色彩有没有问过普通老百姓怎么想的,刚才跟曾辉先生谈了一个问题,他们做景观颜色规划可能跟我做产品色彩规划流程很相似。专业方面,我们把方案拿出来告诉决策层选择这种色彩是对的,可能曾先生会阐述奥运会需要用这种色彩,但选这种色彩之前,我们是否问过普通老百姓怎么想,我们城市选择色彩能不能更关心老百姓怎么想的？更加人性化一点。不能仅仅从艺术角度,艺术也离不开普通老百姓的生活,所以我希望城市环境方面,可以更多关注普通老百姓怎么看,因为最终城市是否漂亮,不仅仅是由几个设计师或者城市规划专家说了算的。

城市色彩与城市"空间"

◎林 文

　　我在大学里学的是雕塑,如果要画云彩就加一点黑,我觉得云彩实际效果会更亮一点,这都是一些小经验,实际上沙龙的交流和互动是很重要的。

　　法国思想家居伊·德波(Guy Debord)在《景观社会》中所言"景观不是图像的聚集,而是人们之间由图像所中介的社会关系"。那么,作为城市"空间"的表皮——城市色彩同样也存在于城市"空间"的关系之中。而充满着权力和资本的城市空间如何影响城市色彩,其背后又如何被生产与运作?究竟又在当今我们日常生活中起到什么样的作用呢?

　　首先,这里所说的城市色彩不仅仅限于科学的范畴,而本质上更多是具社会性的。这里需要简单介绍一下和居伊·德波同时代的法国哲学家列斐伏尔有关于空间的理论与思想。

　　"(社会)空间是(社会的)产品","空间离开意识形态或政治内容就不是一种科学对象;它总是包含着政治性和策略性","空间是政治的、意识形态的。它真正是一种充斥着各种意识形态的产物","空间里弥漫着社会关系,它不仅被社会关系支持,也生产社会关系和被社会关系所生产"。以上是列斐伏尔关于空间理论中最有代表性的几句格言。

　　列斐伏尔把社会空间关系分为三种,即抽象空间(abstract space)、再现空间(representational space)和差异空间(differential space)。

　　抽象空间(abstract space)通常指可控制的、既得利益的和行使权力的层面(例如国家机器、掌握话语权、资本控制者、规则制定者),其中起到决定性作用的是国家权力与资本权力（state & capital）。

再现空间（representational space）是关注功能与形式的商业化空间（执行者、专家、教育工作者、设计师），属于交换且能互换的空间（从以营利为目的的研究机构到交换网络），大多是"职业杀手"。

差异空间（differential space）特指没权力，没资本，消费能力差的底层的社会空间。但通常具有活力、多样性和创造性的特征。

如果我们通过城市"空间"理论对城市色彩加以归类，就会发现大到城市规划与城市建筑、小到公车站都会有更深层次的理解和不同角度的思考。

首先，关于城市色彩中的建筑物部分。这里特别提到的是在城市建筑中，有三种带有时间性质的色彩；一种是有活力的具有时间性的色彩，一种是呆板的也具有时间性的色彩；最后是城市建筑中不具有时间性的色彩。我想举两个不同城市的例子，一是马来西亚以华人为主的槟城，二是我国广东著名侨乡汕头。作为两个港口城市的传统街区曾经具有极为相似的条件，同是开埠较早的贸易港口城市，槟城和汕头十年前都出现过拆除老建筑的危机。槟城在 2008 年 7 月 8 日成功申办为联合国教科文组织的世界文化遗产城市（见文后彩图 1 马来西亚人口以华人为主的槟城），而汕头，作为曾经拥有大片极其精美的骑楼风格建筑群却正被大规模成片地拆毁破坏。从现状来看，槟城的城市建筑色彩是由原住居民主导在不断更迭变化着的。因此，其城市建筑色彩是活着的和有机的。而汕头的老城区由于原住居民几乎可以搬走的都搬走了，导致其迅速剥落退色，在歔欷中变成危房并面临倒塌的命运。旧城区的面貌是死气沉沉，虽然具有时间性，但没有活力。而槟城的民间组织长年以来主导推动槟城古迹的保存与修复工作，如"槟城古迹信托会"、"50 号人文空间"是由一批受教育的律师、医生、建筑师组成。每年主办大量讲座及人文活动，用以唤起当地居民对自己建筑与社区的关心，分享和推广古迹保护的意识，并获得媒体的关注。此外，还成立了警报机制,一旦发现建筑物面临拆除危险,将会向有关方面发出警告。与此同时,民间组织与槟城官方政府还有着相当密切的联系。当然,在汕头也有一些热心的人士,包括本地的居民、外地的学者,甚至不少我认识的外籍友人都曾以不同方式进行过努力,无奈"发展"脚步还是太快了。

而城市中相对的无时间性色彩,比较典型的例子是一些地方政府为了创建卫生城市或迎接某项大型活动,把所辖街区街道自上而下,大规模有组织的"美化"活动,统一粉刷建筑物外立面,对一系列公共设施进行统一装修,粉饰。再例如,法国政府为庆祝"中国年"而举办的巴黎"铁塔映红"活动,期间在埃菲尔铁塔上共安装了280盏红色聚光灯。从2004年1月24日晚至29日凌晨,在规定时间内为高达320米的埃菲尔铁塔"披"上红装。

其次,关于城市色彩中的街道交通部分,在大多城市的公共交通系统当中,从城市道路交通指示路标,到一些小区内的指示牌、广场、商业街、机场、电梯间,乃至公交车站,公共汽车,从扶手到坐椅,其商业广告色彩的部分明显程度大大超过功能色彩的部分。其中一些还采用了流动媒体(以光作为色彩媒介)的形式,如液晶屏幕、LED等。利用人们通常关注动态景观多过静态景观的习惯,自然能吸引不少人的眼球。流动媒体作为城市色彩逐渐推广到城市空间中,既有新闻,又有广告,我们可以理解为一种强势的,具有话语权的商业与社会管理的结合体,也可以说是上层的抽象空间通过再现空间的操作来影响下层差异空间的具体表现。在汕头大学有一位毕业班的同学做了一个有趣的调查,通过了解,完整记录了一个始发站到终点站穿越整个城市的公交线路的所有公车站的设施情况。通过比对,发现从老市区到中心商业区,工业区到城乡结合部的公车站的规模到应用材料,从广告到站牌,完全就是一个从无到有,又从有到无的过程。始发站与终点站因无商业利益或在城郊,所以既无站牌又无广告,与在中心商业区沃尔玛门前的可避雨又有巨大广告牌的车站形成强烈反差。反映了抽象空间在自上而下影响和统治差异空间的同时,抽象空间中的社会管理与商业利益之间的合作与竞争。

如前所言,在城市空间中的差异空间能够带来活力、多样性和创造性。例如大家通常可以在一些城市的公共设施上经常发现晾晒的衣服、被子、农作物等。还有城市小广告、违章停放的车辆、违章搭建的临时建筑、占道经营的流动摊贩,屡禁不止的饮食排档等等(当然往往在城市的宣传照片上会故意避开这些角度)。但从历史的角度来说,官方治理与民间影响,秩序或无序,规则与混乱千百年来从来都是并存的,如同《诗经》当中的风、雅、颂。而当今社会中到处充满着通俗文化,流行文化与官方主流文化之间的妥协与冲突。通过抽象空间自上而下管理差异空间中带来次序性、稳定性的同时,也伴随着排他性与限制性。所以,像涂鸦、街舞、街头音乐这些草根阶层的形式,也就通常会为再现空间提供灵感,再被抽象空间所利用。像吉隆坡的地铁入口就采用了涂鸦的形式作为广告,另外在北京2008奥运会期间由政府主导,街道动员,群众参与的社区奥运涂鸦墙也是个典型的例子。

在放宽对个体违章建筑的限制的同时(如屋顶花园与天面水池),是否可提供专业指导以改善结构的安全性、多样性?荷兰的都市研究在保持传统社区关系的前提下,规划与设计高密度城市的方面具有很多成功经验,既掌握大量数据,又拥有大量实践项目,像荷兰的 NL Architects 建筑事务所,Winy Mass 领导的 MVRDV 城市研究所也为我们提供了不少很好的借鉴的经验。而作为再现空间的城市规划与设计者将如何在实践中领会和转化由社会结构带来的限制性与可能性并在学术上和思想上应该具备怎样的态度?这里需要着重强调的是需要对社会结构和发展进行批评性的思考,而在具体工作中采取一些"宽容"的方法,多从不同角度进行换位思考。20世纪60年代西方社会变革时期,也正是在著名的1968年"五月风暴"期间,居伊·德波说"自由时间的解放是日常生活革命的前提和基础",而所谓

"时间"大部分存在于学校当中,或者说指一类有时间和有条件进行独立思考的大学生,因为其社会背景单纯,较少受到社会束缚,所以有条件进行独立思考(至少不像社会中其他行业当中的人通常因受雇佣而瞻前顾后)。

意大利孟菲斯学派著名设计师米歇尔·德·卢奇(Michele De Lucchi)在2007年香港营商周中演讲的时候,当他在说到当代社会时,曾经有说一句让人印象深刻的话,"现在世界上唯一不变的就是变化。"

既然改变是必然趋势,那么如何改变?是主动还是被动?是否可以多一些谨慎审视的态度,结合科学论证的方法对城市色彩的规划实施与保护管理,总之一切似乎都在控制与被控制,秩序与无序之间。

城市色彩规划的技术方法与非技术方法

◎郭红雨　蔡云楠

这个题目看上去似乎是一个纯粹的方法论,事实上,我们想用这个题目来说明的是对待城市色彩规划的一种态度。因为城市色彩有相当强的感性的程度,不同的人在看待城市色彩规划的时候角度不同。每个人的生活背景不一样,感觉不同,也会带来对城市色彩不同的理解。探讨这样一个感性问题的时候,我们会以怎样的角度,也就是这里所说的,是用技术性的还是非技术性的方法。希望通过以下的介绍,通过我们做的一些城市色彩规划的案例,来讨论技术性的方法和非技术性的方法,分别适用于什么情况,什么时候技术性的方法能给我们帮助,什么时候非技术性的方法让我们更好地阐述色彩规划的目标,更好地和别人沟通城市色彩的问题。

我们认为色彩是要看的,看才能说得明白,否则越说越远,所以我们可以看图说话。今天讨论的话题包括几个方面,首先是关于城市色彩规划,其次是关于城市色彩规划的技术方法,最后是城市色彩规划的非技术方法,其中非技术方法包括了艺术的、社会的、政策的方法这三个方面,这里面汇集了我们做的广州、苏州、厦门几个方案。

1. 关于城市色彩规划

首先是对城市色彩规划的认识。在这里,我们先界定城市色彩规划的范畴,城市色彩规划到底是什么,我们先要有一个比较统一的认识,才能展开讨论。我们认为,城市色彩规划是对所有的城市色彩构成因素统一进行规划分析,确定城市色彩体系,提供城市主辅色以及点缀色、系统色谱,确定城市色彩控制范畴和程度,分系统、分层面、分区域地来制定色彩规划策略的方法。而且要根据它提出相应的色彩规划的控制导则,这是一个有共识的城市色彩规划的基本定义。从这样一个阐述来看,目前的城市色彩规划,首先要做的是对城市色彩资源的认识,解读城市拥有什么样的城市色彩现状,色彩是如何演变而成的,色彩在城市中是怎样地相互构成从而形成一种色彩环境。对色彩环境的充分认识和分析,是做色彩规划的前期的基础工作,在有了这样一个对色彩环境的解读之后,我们才进行色谱的提取,得到一个城市的初级的总谱,再用这个初级总谱,去指导分层面分控制程度的色彩规划,包括分控制强度,分区的色彩的规划策略和方法以及各自的推荐色谱,最后还要通过导则来实施,形成完整的城市色彩规划的一套指导方针。

2.技术性方法及其作用

当我们在进行城市色彩规划的时候,常常会遇到这种问题,很多人不理解,会认为城市色彩需要被规划吗? 可能被规划吗? 这个时候就是我们希望能够借助技术方法和大家沟通,就要在城市这样一个系统上看待这个命题。众所周知,城市是一个非常复杂、复合的巨系统,城市中有人类的生活痕迹,有我们的生活状态,有精神文化、物质文明,还有一些动态发展的变化,有过去的痕迹和未来的趋势等。如果我们只是看到这些片段,只是看到这些个体的变化可能会觉得,它不能被控制。但是事实上,所有的城市和城市空间都在我们规划的范畴之内。如果说城市的物质形态,城市的发展轨迹可以被规划,那么附着在城市物质形态之上的色彩也应该可以被规划。因此,城市是一个巨系统,其中的色彩也是一个复杂的混合的一个系统的状态,所以对于城市色彩规划来说,也需要借助这种科学的方式,也就是系统的策略方法对待它,解决它。以一种技术性的手段,去梳理、整合、归纳,为城市色彩环境的优化提供一套方式方法,这就是使用技术性方法的必要性,是我们这里要讨论技术方法的一个重要的原因,也就是"为感性的城市色彩去寻找理性的坐标"。

我们这里说的技术方法，要经过一系列的步骤达成，例如对色彩印象的分析，对色彩环境分类的调研，对调研得来的色彩信息的汇总、整合、分析，然后再对色彩信息进行还原，提取得到城市的初级总谱，再用初级总谱来指导我们的色彩规划，这就是一套技术性的方法。它逻辑性很强，非常的清晰，有一套完整的步骤，用这样一种技术性的方法，可以帮助我们对这种感性的问题，用一种非常明晰的办法去说明它。

以广州的城市色彩规划为例，当我们对一个城市色彩环境进行分析的时候，首先会去抓主要的印象点，也就是要选取城市中重要的景观地段、景观节点，找出城市色彩印象的几个控制点，进行广州的色彩印象的分析。例如，对广州的白云山、珠江沿岸新城区段和老城区段的色彩印象分析，例如文后彩图2中所示的广州白云与珠江沿岸色彩印象分析，这样可以做一个对比，在同一个城市中，传统的城市街区和现代化的城市新区，分别会产生不同的色彩印象，会有不同的色彩特征。这两个也是一个对比，在广州，非常有代表性的骑楼步行街，上下九路。两个对比在于商业环境不同，上面比较冷寂，下面这部分是比较喧闹的商业环境的色彩。所以，同样的建筑形态，但是不同的商业活动，不同的城市生活在里面，营造出来的色彩印象，是有很大差异的。以苏州的城市色彩规划为例，分析苏州北寺塔周边的色彩印象，非常典型的代表苏州的色彩印象，是苏州的"粉墙黛瓦"的色彩环境。此外，还有苏州刚刚完成整修的历史街区山塘街的色彩印象，山塘河延续到城郊的枫桥景区的色彩印象等。这也是两个有差异的地方，同样是粉墙黛瓦的建筑形态和色彩，但是周边的自然环境不同，所以色彩印象也有很大的差异。枫桥景区的色彩印象，我们看到的更多的是自然环境的色彩点染其中，让颜色变得更有青山绿水的意味。苏州的商业街——观前街，相当于上海的南京路、北京的王府井，它的色彩印象更具商业的喧嚣和城市的活力。

以厦门为例的城市色彩规划,分析了鼓浪屿的色彩印象,这是很典型的鼓浪屿的色彩环境,既有西洋风格的洋楼式建筑色彩的痕迹,还有厦门所处的闽南红砖文化区的色彩特征,从厦门的鸿山鸟瞰城区的色彩印象。从这些色彩印象中,我们把色彩、色谱抽离出来,而且做了色谱化的处理,这些颜色不仅仅是建筑的,还包括远处的山、天空,包括近处的建筑,甚至包括地面、行人、路边的招牌、广告、灯具等,也就是说色彩印象、色彩环境是一种复合的状态,并不是仅仅表现建筑色彩的。这也是我们在城市中看到色彩的一个真实的表现。在城市中所看到的色彩环境,往往是很多种因素重叠在一起构成的。

既然是运用技术性的方法,所以,我们在分析的时候也会很讲求一个逻辑性。对色彩规划来说,仅仅停留在印象的色谱化处理还是不够的,要用一个系统的方法,去寻找这个系统是由什么因素构成的,也就是构成因素解析,还要理清它们的构成关系。所以我们要通过一系列的调研分析的方法,让刚才那些色彩印象中重叠的色彩要素,逐个地分类地浮现出来,让每一类都独立地、清晰地呈现出来,这样就便于我们更清晰地认识城市色彩的系统构成。所以,我们通过一系列的技术性方式、文解的方式,对文献资料的阅读,对人文背景环境的理解,还要包括现场的工作、测色、现场的问卷、拍照,还有在现场中收集的建筑材料等。拿到一系列资料之后,做色彩的分析,让现场测色的结果、实物的色彩分析,都还原成色彩信息,这就要通过一系列的色彩的技术手段来做,通过建立色彩的数据库,来还原城市色彩。例如对城市的自然环境色彩做分析,因为影响城市色彩环境的一个很重要的因素,是它的自然环境。从科罗教授的色彩地理学的理论,就已经很明确地提出,决定一个地方色彩特征的,主要是两类因素,一类是自然环境因素,它的经度纬度、地貌特征、气候状况、植被色彩、土壤色彩,这都是决定性的;另外一类是当地人的宗教信仰、色彩偏好、文化背景等,这个是文化的因素。这两类因素,就可以决定一个地方色彩的明确特征。在对待自然环境色彩的时候,要分析很多东西,用一系列的技术手段,梳理自然环境色彩,包括气象的色彩特征、气象资料、自然山水环境以及它的一些主要植物,用来提取的分类的色谱。在这个基础上,就有了一套自然环境的色彩信息的汇总和色彩信息的色谱提取。

以广州的城市色彩规划为例,作为大背景的自然环境色彩的色谱的提取,包括广州的山脉、广州的海洋、广州的珠江、广州的土壤。我们可以看到,土壤的颜色,也是从北部一直向南部都有变化。尽管在现代城市中,我们可以看到的裸露的土壤是越来越少了,但是土壤色彩还是决定当地建筑材料色彩的重要因素。还有对广州的主干树种、辅助树种、花城广州的花卉、典型果实的色彩信息的采集。有了这样一些色谱的提取,就有了广州自然环境的一个基本资料。技术性方法的好处是,能够提供一个平台,让我们跟大家可以交流。技术性方法,就是帮助我们去构筑这个平台。例如,广州是花城,四季都有鲜花盛开,它的自然环境色彩是浓艳明丽、苍翠欲滴等,可以用很多丰富的文学语言去描述它。但是文学语言的问题就在于,它会对每个人的理解又形成不同的感受,苍翠欲滴到底是多绿呢?浓烈的色彩又是多么的艳丽呢?我们通过一个技术性的方法,也就是色谱的分析表,给每一类自然环境色彩一个定位,对自然环境色彩的色相、纯度,或者说它的彩度、明度,都有清晰的定位阐述。通过这种技术化的平台,我们就可以对广州的浓艳明丽色彩,达成一个共识。

对待城市的文化环境,也采用类似的技术性方式。文化包括的复合涵义可能更多,每个人都有自己阐述的议题。所以要想说明文化环境就更困难,尤其说明文化环境中的色彩意义,更是一个难上加难的事情。我们也希望用技术性的方法,构筑这个平台,有一个可以讨论的、交流的平台来说明它到底是什么色彩的。都说广州是一个最难说清楚的地方,我们也尝试用这种技术性的方式去说清它。通过对广州文化活动、节庆活动、日常生活、民间工艺等色彩的分析和色彩信息采集，完成对广州城市文化环境色彩的分析。

当然我们最主要的工作，是对城市色彩资源的清理。我们最主要想掌握的色彩资源，还是城市的人工环境色彩。所以，花的工夫最多、做的最大量性的工作，就是对城市人工环境色彩，而且是建筑色彩的调研。可以看到，我们运用类型学的方法，把城市的建筑分成很多类别，例如传统的和现代的等，每一类又确定它提取基调色、辅调色、点缀色的方法和特点。对城市建筑色彩的调研，我们通过分层次的办法进行。"点"就是对城市的重要建筑的调研，给它建立一个色彩档案，每一个建筑一个表格，有照片以及它的基调色、辅调色、点缀色的色谱，也有它的色彩样本、参数以及它在建筑上是处于什么位置的。这样，我们对城市重点建筑的色彩特征就有一个掌握，所以说做一个色彩规划的好处及价值也在这，就是对城市的色彩资源有一个清理，这个工作量非常大。所以对技术性的方法，要有一整套的具体方式，有完整的操作来支持它。以苏州城市色彩规划为例，进行建筑色彩测色的范围，覆盖了苏州的主要城区，从古城到新城区，郊区吴中区、相城区以及它周边的四个古镇：角直、同里、木渎、西山。为什么还要调研古镇？因为在现在的大城市中，越来越多的是一种趋同的面貌，建筑形态是趋同的，建筑上的色彩也是趋同的。在大城市里我们现在很难看到它保留着非常独特的、完整的色彩风貌，但是在城市周边的古镇中，反而还能看到它的原始的色彩特征，这往往是城市色彩的根源。所以，我们也非常在乎对苏州周边的这些古镇的色彩调研，这是帮助城市色彩寻根的一个方法。

我们也会挑选一些重点地段作色彩分析，分层次地、分层面地调研，仅仅是单体的调研还不够，还要分出一些重点地段。例如苏州，我们就是以其中的几个重点地段，例如对城市东北部的古典园林的色彩调研，整理它的色彩信息,基调辅调和点缀色;苏州比较典型的历史文化街区——平江路的色彩调研,除了建筑的主调辅调点缀色以外,还包括树木、河水、河上的石桥的一套环境色彩的调研;苏州的同里古镇,注重提取它的民居建筑色彩,同里古镇整体的主调、辅调、点缀色的全套色彩以及湖水、树木、环境色彩。苏州是让大家感觉古色古香的城市,也有很大面积的新区。例如苏州的新区——工业园区,需要提取它的一个片区金鸡湖路,作它的色彩分析。这一地段,以工业建筑为主。

接下来我们还需要对这些色彩做很细致的分析整合,包括平面上的整理,城市的各个区中的色彩表现分析,在各类建筑中的色彩表现分析。像苏州,还需要对比分析古镇色彩环境。例如在这四个古镇来看,色彩比较朴素的是西山,色彩比较丰富的是同里,而木渎的色彩是最有特征的。每一个古镇,其实都是很有特色的,这些色彩都是能够为我们做苏州色彩规划提供基因的色彩环境。

一个城市的色彩环境,是有其历史发展过程的,是一路演变走来的,在这个过程中,是什么地方发生了突变,还是一直平稳发展,这也是我们需要研究的。我们也不希望它变得过于感性,雾里看花的,所以我们也要提供一些技术性的方案,让这种复杂的沉淀的复合的色彩环境,逐层地分离出来。我们用这种方式来分析苏州色彩,就很清楚地看到,好像把它分成不同的断面,我们看到的第一层断面,就是清代和清以前的主辅色特征;也可以看到近代有西洋式建筑进来之后还有中西合璧式建筑产生以后,建筑的主辅色和点缀色的变化;再往下走的一个断面,就是现代建筑了;再之后就是当代建筑。在这个过程中,设计思潮、建筑材料,是造成了城市色彩不同断面呈现出各自特征的决定性的因素。技术性的方法,讲求一个依据,就要说明分析的道理。对一般中国城市色彩来说,往往是在近代发生了突变,所以我们可以通过色彩的分析,看得非常地清楚,它的颜色在什么时候发生了变化,是色相发生变化,还是明度,还是纯度,这就有了一个非常明晰的、而且是一种定量化的认识。同样,我们也用这个方式分析了点缀色的变化。点缀色在影响色彩环境中的作用也是不可小看的,所以点缀色的变化、色相的变化、明度的变化、纯度的变化也非常重要。

对色彩环境的一个分析整理,也是力求用一种量化的方式来做。一个城市人工环境色彩主辅色的推荐色谱的产生过程,是通过和自然环境的色谱比对的办法提取出来的。点缀色是通过与人文环境的色谱比对来形成的。这套办法,是定量化的,而且是非常明晰的、确定的,可以让我们对色彩的认识变得比较科学,让我们对色彩的讨论有一定的依据,有非常明确的数据支持。依据推荐色谱,我们再继续技术化的道路来指引城市色彩规划的不同层面的工作,分成宏观层面、中观层面、微观层面等。宏观层面主要做的工作就是对城市的总体色彩空间分布的指引,协调城市整体色彩环境、色彩氛围。中观层面主要是对城市的一些重点片区或者重点层面提出色彩指引,包括推荐色谱。微观层面,我们一般会挑选一些重点地段去做具体的色彩设计。例如,在宏观层面上应用广州主辅点推荐色谱,指引城市的色彩环境的规划。城市色彩是以城市的核心逐渐向外蔓延的,而且在每一个分区都有自己的中心点,这一套颜色在城市中应用起来是有变化的,但是又有一个稳定的基因。还是以广州为例,一些高纯度的色彩用在高层上、用在多层上,城市色彩现状在高度上的运用比较混乱。提出了一套推荐色谱之后,在高度上也有一个指引,例如见文后彩图3为苏州城市色彩平面与立面指引。苏州推荐色谱也是一套色彩的体系,主辅点的。苏州的色彩现状也有一种混乱的状态,老城、古城还有一定的特征,尤其是古城还是有特征的,但是老城已经开始有变化。新城不但趋同而且混乱,向老城渗透蔓延的那一部分显得尤其混乱。用推荐色谱希望对它整体的色彩分布有一个指引。这套色彩很强调在古城和老城的风貌维护上的作用。城市色彩往新区走的时候这套色彩是逐渐地变得明亮,明度在提高,而且色彩也逐渐地丰富起来。如果说古城、老城范围的色彩还是一个以黑白灰为主的强对比,那么往周边蔓延的时候就会变成中对比、弱对比了,而且在各个新区还有自己的核心点。苏州色彩的高度分布现状也是一个比较杂乱的状态,对高度分布的指引,非常清晰地保留着苏州原有的色彩风貌,而且要强化它色彩风貌的这种引导。从古城的高度、老城的高度、旧城区,然后是新城区的高度,这套颜色逐渐地在变化,从非常素雅的黑白灰的古城向老城一直到开始色彩变得温暖、色彩变得丰富的新城区走,色彩是有相当大的差异的,但是无论取哪一段颜色,都是属于苏州的城市色彩。同样的方式我们在厦门也在运用。

在中观层面上的色彩规划,技术性的方法,就是在把城市按照它的构成,分成不同的层次,分成不同的区块,给予这些不同的分区各自的推荐色谱,以及色彩规划的原则。这种分块的方式,是和我们城市规划的系统思路一样的,针对不同城市我们分的方式不一样。有的城市主张按照行政分区给推荐色谱,广州就是这类情况。对苏州,我们主张强调它的古城特色,老城风貌,就按照古城、老城、新城分区的推荐色谱。厦门很强调对将要形成的几个重点片区的控制,所以按照重点控制片区这种分布给推荐色谱,还有相应的色彩规划导则。中观层面上的色彩规划技术路线,确定片区、确定控制的程度,分为特殊控制、重点控制、一般控制等,在重点控制里,又要划分不同的片区。以苏州为例,划分古城、老城、新区的分区色谱以及不同的配色图谱。

在微观层面上,我们希望把这套技术性的路线一直做到具体的色彩重点控制地段,例如重点地段、重点片区色彩规划工作思路的确定,还有这些具体的色彩规划的一些方法。例如,针对广州的历史街区,提出它的色彩规划的原则,是整旧如旧的色彩规划。首先对这个片区先进行深入的色彩调研,找出这里的色彩问题,总结它的色彩现状,包括现有的一套色谱,提出问题,找出我们色彩规划中需要去针对的重点和难点。在这个基础上,有了现状色谱和前面的总谱之后,就得到属于这一块的推荐色谱,再用这套推荐色谱来控制规划这个地段的建筑配色,也为它的配色提供了一些具体的配色方案,直到建筑单体的配色意向,还给出了非常明确的变化的值。所谓技术性的方法,就是要给它一套非常明晰的路线,当然还要有一定的弹性。例如,给了非常明确的一些色彩选择的色谱,但是要让它有弹性,就要有一些地方可变化,所以会提出明度可以在 7 ~ 9 上变化,纯度可以在 1 ~ 3 的级别内变化,这就是所谓的既有刚性的条款,又有弹性的变化的余地。

　　广州商业街一德路的色彩规划方案的例子"基于色彩连续性的规划方案"。这条街是广州非常典型的骑楼商业街在建筑风貌和建筑形态上也是具有广州特色的。这条街道,我们对它提出一个色彩规划的切入点就是:街道是连续的,那么附着在街道上的色彩也应该是连续的。在现场调研这条街道的时候,我们已经发现有一些建筑色彩是非常突兀的,一看这些颜色就知道有问题。这个时候就会有一个感性还是理性的判断出现了,我说这个颜色不好,其他人可能会说好,好与不好,怎么判别,这就需要寻找一个平台。所以这时,技术性的方法又能给我们帮助。我们用技术的方法来说明自己的判断:把一德路上,凡是有门牌号的建筑都测色,把一条街完全展开,把它的纯度、明度、色相,都定位分析,同样对点缀色也做这种分析。这些建筑的纯度、明度、色相点连续起来,是有波动的。波动很正常,走在一条街上,我们希望看到它是连续的,但是又是有变化的,否则你会觉得很沉闷很单调,可是这个变化又不能过于突然。从一德路色彩分析的数据上看,是有问题的,因为它打断了这条街的曲线的波动,变成了断点。在几个点对应上看到有问题的建筑色彩。这样看上去好像是做了一个重复的工作,因为从一开始我们就看到这些建筑色彩有问题,但是为什么要花这么多的工夫去验证它?我们可以通过这个连续性的表,证明这个颜色在这里起到的作用是破坏性的,影响了我们对这条街道连续性的感觉。

接下来是对一德路的色彩规划的方案,从提取现状色谱,到提取属于它的专有推荐色谱。在这里,是有刚性的要求的,也有弹性的变化的,由此来形成一德路南街北街的配色方案。

举苏州观前街的色彩规划的例子。观前街是苏州著名的商业街,有江南的古典建筑的风格,也有现代的商业文明。这条街的色彩问题,是个别建筑的色彩混乱,还有大量的非常不协调的广告色。在对现状全面梳理的基础上,提取现状的主辅色和点缀色。同样,也用街道连续性分析的方式分析观前街,也找出不少有色彩弊病的建筑。在现状色谱与古城推荐色谱的比对之后,提取观前街专有推荐色谱,并完成配色方案。

中街路是苏州的一条非常典型的居住街区。在中街路的色彩规划案例中,我们希望做这样一个方式,把这种量化再往下面一个层次走,一直做到具体的店铺招牌上。在对中街路现状色谱分析,提取推荐色谱的基础上,形成配色方案,完成对中街路的色彩规划。要把这种可度量的东西,这种技术性的方法,做到最小的层面上,那就是在店铺招牌上。众所周知,店铺招牌的用色往往是比较杂乱的,这也是苏州老城甚至一些古城地段色彩混乱的一个很重要的原因。所以,需要一些定量化的规划指引。所以在这个案例中,我们要对店铺招牌的使用,都有一个用色的位置,用色的面积,用色比例的指引。例如通过店铺招牌色彩分布的示意图,最后确定,在店铺招牌上点缀色的最大比例,不能超过50%,20%～40%是一个比较合适的比例。而且这个店招的底板要和屋顶的颜色相一致,屋顶颜色也给了它几个推荐色,所以这套颜色让它运用起来可以是有一定变化的,也有稳定的整体感。

苏州平江新城的例子。这个例子我们想说明的就是色彩的这种技术化的方式还可以引导对待古城和新城的连接问题。平江新城就是这样一个特点,它处在苏州古城和新城之间,是中间地段,属于一个过渡地带。其色彩规划应该起到过渡、引导的作用。不是就色彩论色彩,而要放在这个城市、放在这个片区系统上来通过分析平江新城的地位、性质、与周边城市系统的关联。平江新城南向是古城区,北面是新城区,在这个规划用地范围内,苏州新客站已有色彩方案,那么其他的色彩就需要依照这个环境来做变化,让它起到一边联系古城、一边连接新城的作用,所以色彩是在这一条带上变化的。在提取了平江新城的推荐色谱后,也形成了配色方案。这里的连续性的分析,是对在形成了一个配色方案之后的一个验证。纯度的连续性分析和明度变化的分析,验证了我们配色方案的预期:色彩越靠近古城的部分,明度越是一种强对比的关系。因为古城的粉墙黛瓦是强对比的,越往新城走对比越逐渐变弱,变到中对比,再到弱对比,而且明度是一个逐渐地变得明亮的趋势。纯度也是越靠近古城,纯度变化的值波动非常小,越往新城走它的波动越大,也就是说色彩越往新城走也是越来越丰富,越到老城颜色越来越淡雅。

3. 非技术的方略

上面我们是用了很多技术性的方法,来阐述城市色彩规划是怎样做的,城市色彩规划用一种逐渐剥离的分析手段,让非常复杂的感性化的东西,变得清晰,变得理性,变得可以去分析它,可以认识它。但是我们不希望把这样一个非常有趣的题目,变得很枯燥,好像一个化学分析一样,它毕竟还有很多感性的,是靠触摸靠感觉的东西,所以它还有非技术性的方法来做支持。

非技术性的方法里,首先是一个艺术性的方法。艺术的方法,我认为是有三个方面,一个是一种表述的艺术,一个是选择的艺术,还有一个就是沟通的艺术。

表述的艺术是一个比较考功力的,要求我们对色彩问题、对色彩规划的阐述有一个能跟大家很好交流的说法。

色彩规划我们前面做的基础性的工作就是把一个模糊的东西变得逐渐清晰,把一个很复杂的东西抽象地简单化,就是把模糊的东西变得精确。例如,在作苏州色彩规划的表述中,我们说苏州是"浓墨淡彩,写意江南",这样一个表述希望能够浓缩概括苏州这套色谱。"浓墨"也就是屋面瓦上的这套颜色,"淡彩"是说明苏州城市总体色彩环境比较淡雅,彩度并不高。"写意江南"是希望这套颜色能够紧扣它的环境色彩,这样一种表述。

我们对厦门的色彩的表述用这样几个字来概括:"大色淡渲,彩墨画意"。"大色"的意思,也是我们思索了很久想到的。"大色"在厦门的很多传统建筑,厦门那种叫做大厝的传统民居上用得很多,它用在屋檐瓦脊的彩绘上,用在那种叫做剪贴的当地的一种装饰工艺上,它用那种很强烈的原始的色彩。但是这套颜色放在城市中、放在高层建筑上往往会很失败。既然厦门有对这套色彩的喜好,我们又要对它进行色彩使用的规范和指引,那我们就给它提出一个"淡",可以用这个颜色去渲染城市,但是一定是淡彩的,不要用高纯度的这套色彩。此外,厦门闽南画派中,彩墨画具有代表性,所以它的整个色彩特征、山海环境都是营造这种彩墨画的意蕴。"大色淡渲,彩墨画意"就有了这个依据。

广州城市推荐色谱的阐述是:"阳光明媚的粉彩画"。广州是一个靠近北回归线的城市,它的阳光照射非常强,总处于阳光明媚的状态,广州老城区的色彩给人非常绚丽,色彩斑斓的感觉非常强烈。在现在的广州城区内,传统的岭南民居那种灰砖房很少见了,广州的老建筑更多的是那些中西合璧的建筑、西洋式的建筑、民国时期的建筑,这种建筑更多的就是用这种色彩斑斓的涂料形成的,所以它的色彩环境就是阳光感非常强的粉彩画的效果。

对城市色彩推荐色谱的表述是很重要的,也是需要有足够艺术修养才能表达得很好的。怎么把复杂的东西变得简单是要有足够的修养才能达成的，这也是我们在不断探索的。

第二个艺术的方法就是选择的艺术。这里包括判断、取舍。选择的艺术，并不是跟我们前面的技术方法脱离开的，它其实一直都存在于那种技术方法里面。所以做色彩规划，是需要一定的艺术修养，要有足够的生活经验。

第三个艺术的方法就是沟通的艺术。对于色彩规划来说也是很重要的，因为现在的色彩规划，要跟别人交流，要进行公众参与，要访谈等。怎样把专业知识让非专业人士能够读懂，就是靠沟通的艺术来完成的。

非技术的方法，还有一类就是社会的方法。因为城市色彩有很强的公共性，色彩的内容往往很受市民关注。在广州色彩规划的时候，就经历了这么一套方式，包括广州色彩规划的PK战，对城市色彩的大讨论，各单位的调查函以及回函等。在色彩规划上，这种公众参与的程度、方式是很新鲜的，可能是参与层面最广的，收到群众意见反馈最多的。所以在色彩规划中，越来越需要去重视这种社会方法，如何利用这种公众参与的渠道，让色彩的意识、色彩规划的概念深入人心，让大家能够接受色彩规划，这是一个很好的方法，需要我们去掌握。

在广州、苏州和厦门的城市色彩规划中，我们都设计了一些调查问卷、调查表，这些调查会收到很多人非常有帮助的对色彩规划的认识和看法。

最后一个是非技术的方法，就是政策的方法。这个是让色彩规划最终能够落实，能够变成影响我们城市色彩环境的保障。政策方法，包括技术导则、法规条例以及指导思想，技术导则又可以分得很细，例如通则、分地块的导则、分系统的导则，还可以分为强制性的、指导性的，分成建议性的、奖励性的等等。

今天在这里讨论的话题，色彩规划的技术方法还是非技术方法。我认为这两者不是分离的，技术性和非技术性的，其实一直都贯穿在色彩规划的始终。也希望能够更加明确,技术性的方式能够帮助我们解决什么问题;而非技术性的方法,能在什么时候给我们更多更好的支持。这两者其实也是我们做色彩规划的平衡点,技术性的和非技术性的,主观的还是客观的,感性的还是理性的,是我们做色彩规划的时候需要平衡的两个方面。色彩规划也常常会在技术上还是非技术上这两点之间寻求平衡,希望能够达成一个平衡的状态。

宋建明:

    郭教授在城市色彩方面做了许多工作,其中的甘苦她也感受良多,因此,她的许多说法很值得我们思考。

公共标志色彩的标准化

◎ 韩　然

　　有机会参加这样一个学术沙龙，非常高兴。首先是对中国流行色协会有一个新的了解和认识，过去简单地以为中国流行色协会主要从事时尚色彩方面的工作，没想到中国流行色协会能够关心与色彩相关的那么多重要的事情。其次，沙龙的学术气氛非常浓厚，不仅仅有经验、有观点，而且有讨论和辩论，是非常难得的。听了很多专家从不同角度谈了自己的观点和经验，特别是从科学研究和实验的角度关注色彩的问题，对于我们从事艺术设计的人，尤其是对从事艺术教育的工作者来讲更具有借鉴的意义。

　　今天首先谈谈我国公共标志色彩方面的问题。我想，大家都能够感觉到我国的公共图形标志信息中具有国际化特征了。在日常生活中，从道路交通、机场、商场、餐厅等标志符号中都可以感受得到。每天都会从这些公共的标志符号中接触公共的信息，与标志符号一同进入我们视线的还有色彩，色彩也是信息的一部分。

　　在这些标志中的色彩使用比较系统化、标准化的是交通标志色彩。道路交通标志与色彩管理相比较而言应该是严谨的，然而，在这样一个"严谨而成熟"的系统中，也存在着随意使用的现象。由公安交警部门管理制作的车辆号牌中，蓝、黄、黑、白等不多的几种号牌的色彩，也会出现色彩上的差异。比如：我们发现数量最多的蓝色号牌中有的深一些，有的浅一些。大家都知道这些色彩的使用是不需调和配比的"专色"，那是什么原因造成了这种差异呢？而这种"差异"并不是新旧的变化，我认为这种"差异"折射出来的是车辆号牌色彩管理上的不严谨,其核心是公共色彩标准化应用中的管理意识问题。

其实,国家在公共标志符号系统方面是有标准的,只是并没有引起相关行业与部门的重视,更谈不上严格执行了。当然,在发布的国家标准中还有不足,随着社会的进步、社会需求的变化还需要补充与完善,但"标准"的严格执行是必须的。

从江、浙、沪三地联合发布的有关"规范主要旅游景区(点)道路交通指引标志设置规范"的区域性地方标准来看,既看到了地方政府与行政管理部门的进步,也看到了就全国范围而言的严重不足。

交通标志符号是一种系统的、标准的、规范化的信息传达,它关系着人们的生活秩序、工作效率、交通安全等,是不允许随意或不严谨使用的。其中,同样作为信息传达的色彩是尤为重要的,从人体工学的角度讲,人的视觉识别最先感知的是色彩,因此色彩不准确,信息的传达也不准确。我曾经看过国外关于公共信息管理的一些资料,一个公共场所发生了火灾,紧急疏散人群效率不高。在火灾之后检讨当中的一项内容就涉及公共信息是否能够在短时间之内被公众识别的问题。从这里能够看出来这个事情的重要性和严肃性,要把公共信息的设计、制作、发布与社会责任联系起来,这既不是设计师的个人兴趣,更不能是长官的意志。

公共标志符号及其色彩在使用中的任意性,不仅仅会给公民准确识别公共信息带来不便,也与开放的、不断国际化的中国形象有很大差距,应该引起高度重视。希望通过中国流行色协会向国家相关部门建议和推动这方面的工作。

第二,谈谈在城市形象规划与设计中的色彩问题。

听了各位谈到城市形象与城市色彩,自己也有些感触。在学校的教学中,我们曾经做过一个潮汕地区形象规划,叫"新潮工作坊",专门研究潮汕的形象问题,也曾经参加过重庆市城市形象的规划设计工作。去过重庆的人对重庆这个城市色彩肯定会有自己感观的印象。这个印象可能是由于城市自然环境而形成的,可能是从这个城市的历史,也可能是来自于我们接触的重庆人。也就是说,站在自然环境、人文历史、风土人情等不同角度都可能形成对城市的色彩认识和色彩印象。

在做重庆城市形象规划过程中,我们组织在重庆的六所高校的学生作过专题研究。六所高校的学生们在分组讨论和在网络征求意见时一下子就集中到了红色,几乎都离不开"红红的辣子",也非常肯定重庆人身上的这种热情。今天跟王渝生先生也提到这个问题,王先生是重庆人,他自己也表达了重庆应该是非常热烈的色彩。重庆城市形象的色彩最终结果也体现出这一色彩特征。

城市形象的色彩以及国家与地区的重大活动与项目的色彩,这里面都涉及公众意识和长官意识之间的问题。其实,参与这些重要项目设计和参与这些重要方案评比的都是专家,然而专家在这里面能起到什么样的作用,我想大家都有许多经验和体会。

一个项目最终呈现出来的,常常不是公众的意识,也不一定是专家的意识,行政长官意识在这里面起着决定性的作用。在我直接参与评选过的城市重要项目中,就曾经出现过这样的现象:项目经过公众意见征求,经过专家评选,而评选结果却得不到行政领导的尊重,可以随意更改最后的评选结果。面对这种现象,更加盼望社会与文化的进步。

第三,谈谈以少数民族为代表的传统色彩保护问题。

我们曾经带着学生到云南的瑞丽市考察,那里是以傣族为主的多民族聚居地。瑞丽市的领导们非常重视,专门组织了一个座谈会,请我们谈谈旅游与地方产业发展。那年正值昆明举办世博会,云南的许多城市在这次世博会期间赚了很多钱,而瑞丽几乎没有。当时瑞丽有人总结原因:是新华社记者曾写过一篇关于瑞丽跟毒品关系比较密切的报道给这个城市带来的负面影响所致。我们不否认新闻报道产生的影响力，但在我们的观察中发现，这里真正缺少的是民族文化的外在特色。尽管这里山清水秀，民风朴实，热情好客，除了在剧场观看的民族歌舞演出之外，却很少能让人感受到这是以傣族为主的聚集和生活的地方。随着经济的快速发展，无论是在建筑、服饰还是在其他人文的方面，都很难感受到地域性或者民族性上的差异，地域性或民族自身的色彩在逐渐消失。

在座谈会上，我们就给瑞丽市的领导们提出问题：作为少数民族的代表，能不能带头穿着少数民族自己的服装？小学、中学的校服是不是可以传统服装的形式来呈现？富裕起来了，人们是不是可以在政府的指导下建筑有少数民族形态特征与色彩的建筑？当能够承载民族文化形态与色彩的东西与汉族无异，就仅剩下失去个性色彩的地理位置上的"瑞丽"了。我想，在当今世界经济趋于一体化的过程中，地域性的特征是否完全保留还是发展的"保留"等，算作一个问题提出来供大家讨论。

可能说得稍微远一点，但我觉得它是一个问题。中国历史悠久、地域广大，曾经有个性、有特色的城市早已被现代化的高速发展而掩盖，甚至是完全破坏。如果没有这个意识，就像 20 世纪国际主义的建筑一样，将来发展的结果就是各民族之间、地域之间完全没有了差别，我们讲的文化多元化也就变成了空话。

城市环境和谐呼唤景观法

◎梁 勇

谈到城市色彩规划,毫无疑问,我国的城乡建设现在乃至未来一段时间里仍将处在一个高速发展的阶段。但我们在城市规划中,经济功能的考虑比较多,但是视觉为核心的景观环境考虑得过少,在环境色彩方面主要有以下几个问题:

第一,各种新建筑造型、新材料、新涂料的大量应用,特别是全国各地采用同样的建筑材料、设计方法等,使我国许多地区原本丰富多彩的具有地方特色的区域文化受到了极大的损害与破坏,既失去了鲜明的地方特色,又切断了历史文脉。可以看到,从黑龙江漠河市到海南三亚市都有许多雷同的马赛克瓷砖外立面的建筑;一些城市建立了毫无个性与特色的喷泉广场或景观大道;在许多新建筑色彩上,由于缺少协调统一,使建筑或环境的视觉表现处于原始的简单的低水平,有些设计甚至违反配色的基本规律,造成严重不和谐的视觉污染。

第二,在乡村,一些刚刚富裕起来的农民由于缺少法律法规的约束与专家指导,只能按照自己的喜好,建设了色彩与形式五花八门的仿欧式、仿古建的住宅,因整体缺少规划与协调,使环境显得庸俗、低下,严重影响了地区的形象,也破坏了原有的传统文化风貌。

第三,由于缺少明确的法律法规,在建筑和环境中,各种商业广告和标示铺天盖地,占领所有临街建筑、交通工具和城市公共空间,使许多城市和乡村陷入"花"和"俗"的状况,"花"就是杂乱,没有整体性,"俗"就是随意性强,缺少品质与特色。

第四,在高速公路和铁道两边,为获得利益,不加节制地耸立起巨大的广告牌,各种户外广告招牌在形式上、色彩上和内容上以吸引注意力为首要目的,根本不考虑交通安全以及与环境的协调。

第五,在一些地区的文化遗产保护和翻新过程中,由于技术和材质等使用水平问题,甚至由于地方或部门的利益驱动,人为改变传统的建筑与环境的视觉表现或增添一些人造历史景观,造成对传统文化遗产新的污染和破坏。

此外,在传统文化保护中,仅关注古建筑的保护以及非文化遗产的保护是不够的,这些软的和硬的文化遗产需要一个与之适应的环境生态,才能真正形成文化保护的整体。

尽管我国颁布了《中华人民共和国城乡规划法》等法律、法规,但景观规划不仅涉及城市规划和建设部门,而且与广大百姓生活息息相关,与传统文化保护密不可分。因此,参照日本、法国等国家的做法制定《景观法》,对城市和新农村建设中涉及的视觉规划与设计等相关事宜,提出明确的法律要求与规定,即在尊重历史、尊重传统的基础上,进行科学的规划、引导,而不是盲目地、随意地、冲动地、甚至为了眼前的商业利益进行人为破坏,从而建设更加和谐、优美、宜居的生活环境,保护我们民族悠久灿烂的文化脉络与精神家园。

对于我国这样一个正处在高速经济建设与社会转型时期的发展中国家来说,我们更应该规划、设计、建设和维护我们美丽、和谐而有地方特色的环境,提高中国人的生活品质;尊重历史、尊重传统,保护传统文化,为文化遗产提供与之适应的环境生态;通过对土地与资源的科学利用,提高资源使用和保护能力;提高地方政府和广大人民群众对美化家园的重视,促进环境和谐,推动和谐社会建设。可以避免过去一些地方在产业发展中出现的先发展再治理的沉痛教训,减少未来我们对文化保护与环境治理所付出的高昂代价。

自2004年以来,中国流行色协会在中国科协的支持下,一直进行国外在环境方面的法律法规与应用的收集与研究工作,组织翻译了日本《景观法》以及法国、美国等景观管理法律法规;承担了中国城市色彩规划方法研究与管理等课题研究,2006年和2008年在中国科协年会期间分别举办了"城市色彩与和谐居住环境论坛"和"建筑与环境色彩学术沙龙"以及"国际城市色彩规划展示"等一系列活动;组织国内外专家和学者开展景观等领域的学术交流活动,指导国内部分城市和地区开展针对色彩为核心的和谐环境治理与规划等工作,取得了积极的进展。据了解,自2005年以来,我国杭州、武汉、哈尔滨等20多个城市规划部门相继进行了城市色彩规划以及城市景观方面的努力,刚才曾辉先生介绍了北京奥运会期间的色彩规划和管理的成功经验和郭教授对广州、厦门和苏州的城市色彩规划的研究,非常有启发。因此,在制定《景观法》时,可在借鉴国外经验和国内一些地区措施的基础上,参照2008年北京市在奥运会期间对城市景观所取得的一些成功经验,结合中国现阶段和未来一段时间的发展实际,制定适合中国国情,并对城市和乡村建设都具有普遍指导与约束价值的法律法规。当然由于景观涉及规划、建设、市容、交通、文化、土地等多个部门,建议遵循人大主导、政府支持、专家参与的模式,能够使我国的景观法律尽早进入立法程序。

色彩的科学和艺术思考

◎王渝生

　　对于流行色，我过去的理解多把它当成贬义的，一说流行我马上想到病，有些疾病的发病率高，就是流行病。在建设科技馆新馆的时候，不论搞形象设计还是颜色，最后专家委员会主任提出，我们不要搞流行的，要搞传统的，比如说建筑式样和颜色。如同穿服装一样，要么是中山装或是西服，不要穿夹克，不要穿流行服装，似乎那些都是短命的。长期以来我对色彩科学接触不多，但从科学和艺术角度去研究流行色和色彩，觉得很有意思，之后作了一点思考。

　　第一，色彩是科学的概念，因为颜色可以从物理学、数学、医学等方面来界定它。物理学中的光学理念跟我所学的数学有关，就是介于 390～770nm 波长的不同可见光，引起的人的眼睛感觉不同颜色的视觉。所以，物理学涉及色谱、色差、色调、色度、色素、色温、色相、色散、色品、色盲等概念。从科学角度提一个考察色彩的内容，中医讲阴阳五行，中医把五行金、木、水、火、土同五脏五色联系起来。我建议搞色彩的人要研究一下，金、木、水、火、土除了五脏，还要和人的五官一一对应，另外五行、五色、五脏、五官还同五个颜色相对应，金对白、水对青、土对黄等，中医五行同时跟五色也有关系，这非常有意思，除了五行、五脏、五官、五色、五生、五味……所以我感觉到中医是中华民族的伟大宝库，我建议搞色彩的人也要研究一下物理学、光学、数学以及其他的自然学科与色彩的关系。

　　第二，我觉得色彩与哲学、宗教学的关系是另外的概念。从哲学的角度看,佛教指"色"为一切使人能感触到的东西,与"心"相对;而一切事物与现象都由因缘和合而成,虚幻不实,刹那生灭,故谓之"空"。"空即是色,色即是空"是也,非"食、色、性也"(《告子》)之色也。这里我就不展开讲了。

第三,从社会科学和人文科学来看,因为社会科学领域有些不是科学,只是一个学科,不管怎样,在社会科学和人文科学里,我觉得色彩的概念,从社会、文化、民族乃至政治方面都有一些异化,或者有一些延伸。比如,中国特色已经把色转变为品种和种类,如各色人等、中国特色;表现一种景象和光景,如秋色、夜色等;还有将事物的品质和质量,如音色、成色等引申的概念,甚至衍生为绿色文明、蓝色文化、黄色小说、青面獠牙、红得发紫、红色暴动、白色恐怖等说法。现在还有一个最新的说法叫颜色革命,这个色有很多提法,有些提法是矛盾的。红色暴动很好,红灯区很糟糕;我们说黄种人黄皮肤,但黄色小说呢?所以,颜色的政治上含义,社会文化上的含义,还有若干的变化,所以非常值得我们从自然科学、数学、哲学宗教、社会科学、人文科学多方面研究色彩的科学内涵以及它的外部特征形式和内容矛盾的统一,我认为实质上是科学的,因为颜色是不能创新的,不能搞什么原始创新。但是我们中国特色自主创新,除了原始创新可以有集合创新,可以引进消化再创新,所以我觉得五颜六色是自然界的,不可能创新,但是可以集成、创新、引进、消化,在此我再谈谈对流行色的一点认识。

流行是传播学的概念,指迅速传播或盛行一时。流行病的流行指该病的发病率显著高于平时的均值。流行色是一种色"病",它是风行于一定时间和地区内的一种或数种、一组或数组的时髦色彩,是社会的政治、经济、文化、环境及人们心理活动等因素的综合产物,也体现了专业人员在科学预测流行色变化演进趋势后进行宣传、引导的有效影响。这种影响通过人们的"从众心理"引领纺织品和服装色彩的新潮流。但是,世界是多样化的,生物是多样性的,人是多样性的,文化更是多元化的,我们现在讲的一体化,全球化，主要是讲科技一体化和经济全球化，但是政治是多体化的，而文化是多元化的，所以我觉得社会流行色和个人的特色是一种矛盾的统一。在流行色流行的过程中，人有我无，我有人无，这也许是流行色当中一种特色吧。在流行色的流行中，既入流又特立独行，不失为一种明智的选择，因为发挥个人的特色和优势，体现了人类的普适价值——独立和自由。

最后，我想说一下对科学和艺术的肤浅看法，科学和艺术是一枚硬币的两面，我的理解，科学和艺术都能发挥人的创造性。科学需要脚踏实地。但是，艺术也一样要有生活资源，艺术充满幻想，幻想也是科学本质属性之一，所以我觉得流行色协会在科协内，正好是自然科学和社会科学，理科和文科相结合的产物。有一些文学家对科学的理解比科学家、领导者还要强，我认为世界上没有任何别的力量比得上文学艺术和科学技术对人影响那么大。

一位文学家讲过，应当真心诚意把科学技术放在文学艺术之上，因为文学太容易受个人情绪和思想的支配，因此脱离个人的偏见、民族的偏见、国家的偏见，真正属于全世界，真正属于全人类的文学是不存在的，只有科学才是属于全世界，才是属于全人类的，因为科学的真理只有一个，这个科学扎根于观察和试验的肥沃土壤之中，受数学这样铁的逻辑支配，这个科学使人类认识自己过去欢乐和苦难的根源，这个科学给人类插上翅膀，让他们在宇宙间自由翱翔，奔向更加光辉灿烂的明天。因此，我觉得到了高层次，搞文学艺术跟搞科学艺术是完全相通的。

会议时间

2008 年 12 月 7 日下午

会议地点

海南省三亚国光豪生度假酒店

主持人

宋建明

宋建明：

　　今天上午我们讨论了色彩与环境,话题从城市色彩展开,城市色彩除了色彩研究本身之外,关于管理的探索在我国的一些城市已经初见端倪。我们还需要很多时间和更多的人参加进来才有可能使之趋向成熟。关于城市色彩的话题暂时放一下,我们穿过文化和生活色彩的话题,来谈谈造物层面的色彩问题以及其他问题。

色彩科学应用和教育现状

◎ 于西蔓

　　我认为,中国独自的色彩文化和应用习惯,铸成了当今中国的色彩应用现状。作为一个经济发展水平不均衡的国家,中国目前在色彩应用水平上存在地区间的巨大差异。当然,这也是历史发展中的必然阶段和阶段现象。根据中国的国情,在色彩发展水平趋升的阶段中不断寻找共性认识和问题,强化色彩价值认知,深化利用,应该是当前学界最需要重视和探讨的问题。

　　中国色彩国情的背后有着极其复杂的成因。概括地说,中国的色彩国情呈现出显性的一面和隐形的一面。显性的一面直接显示色彩的应用结果和水平,隐形的一面则显示造成显性结果影响要素。

　　作为色彩应用的显性结果,中国所有的室外空间景观色彩、室内空间色彩、商品及其外观色彩、国民形象色彩以及政府政策面、企业营销面、个人审美面和色彩专业人才水平等,均成为显体。衡量指标有色彩调和度、视觉满意度、心理满意度、嗜好度、色彩滞销比率、噪色比率、色彩教育普及率、色彩专业机构数量、色彩专业人才数量、色彩工具数量等。

　　综观中国目前的色彩应用现状,在跟随国际水平获得高速发展的同时,也呈现出很多与高理念的和谐意愿及高投入高产出的行为期待完全相左的"色荒"现象。在政府政策面,国家还留有诸如"景观法"、"景观色彩管理条例"等法律或条例空白。在由政府实施的城市规划面,目前有近30座城市完成和正在完成城市色彩规划,不到中国现有城市数的5%。一、二、三级城市之间在景观色彩应用水平上差距巨大,既可看到色彩品位高雅的城市,也可看到建筑鲜俗、广告招牌泛滥等现象。在产业面总体来说，相对缺乏科学而实用的工业色彩标准。目前仅有由中国流行色协会、中国纺织信息中心联合研制的在纺织业应用实施的"CNCS 时尚色卡"系统和由中国流行色协会颁布的应用于"色彩搭配师"职业等级考试及色彩教育的"CCS 色彩标准体系"以及由建设部认可并作为国家标准颁布的"建筑色彩标准"。其中"建筑色彩标准"颁布的色彩存在低彩度群色数严重不足的弊病，在科学指导建筑色彩应用和城市色彩规划时容易引发新的高彩度"噪色"问题。在企业营销面，除极少数领先企业外，绝大多数企业还停留在色彩只为设计服务的认识层面内，色彩营销意识淡薄，也匮乏色彩营销专业知识和人才，与国际企业相比形成了极大的竞争弱势。在色彩教育普及方面，目前全国大专院校中每年约有五六十万的应用设计类学生能够接触到色彩教育。全国大专院校中只有北京服装学院、南开大学和中国人民大学开设有色彩专业研究生课程，应用色彩专业高级人才凤毛麟角。此外，民间办学传授应用色彩技能 10 年来已成趋势，培养人数数万。中国流行色协会自 2007 年 7 月起施行"色彩搭配师"资格认证考试，到 2009 年 2 月止已有 1500 人获得三级资格，55 人获得二级资格认证。此资格认证于 2008 年正式成为国家劳动和社会保障部认可的国家职业资格，应该是中国应用色彩教育发展的一个里程碑。总的来说，相对于中国庞大的职业人口，获得应用色彩教育的人数极其有限。

作为色彩应用的隐性影响要素，则主要表现在国民的色彩文化价值观以及色彩教育的内容和水平等方面。后者决定前者的成分很大。

古往今来的中国色彩教育，最明显的一个特征就是重体验，轻实证；重玄学，轻科学；重艺术教育，轻应用教育。在西方从 17 世纪到 20 世纪初逐渐完成了以波长、频率、分子、亮度、视神经、视心理为认识基础的科学色彩论的构筑时，中国始终在阴阳、五行、感应、灾祥、领悟、妙悟中培植本土色彩论。因此,应该说中国本土没有诞生出可以完全进行系统实证的科学色彩论。在中国经历了漫长的以色喻理、以色论道的封建色彩意识时代,有机会应用西方科学的实证式教育体系为社会培养适合于工业化标准的应用人才时,由于没有前瞻性的认识和系统性决策,导致迄今为止教育界对科学教学法的导入仍呈小股溪流式的断续状态,绝大多数院校的应用色彩教育仍停留在色彩系统工具极度缺乏、仍以素描绘画为基础,希望陶冶出感觉精英的错误教育法上。这种做法,既混淆了艺术色彩教育与应用色彩教育的概念,也由于培养出了大量以感觉为导向的设计类专业人才,使产业界的应用色彩设计与营销陷入感觉的非理性、非科学的导向,极大地阻碍了工业化进程,给产业界带来了巨大的经济损失。短缺的教育,又相继不断诱发大众更深层次的色彩感性认识,使得民众的色彩文化价值观仍停留在感性多歧、玄思妙想的观念状态,从而形成了全社会的色彩审美能力和应用能力不足的现象,在给全社会带来巨大的视觉精神损失的同时,也制约了中国整体形象的品位提升。

综上所述,目前中国的色彩国情可以用"四个缺少"来概括。即大众缺少理性色彩认知;教育界缺少实证式色彩教育;产业界缺少色彩标准和应用型人才;政府缺少色彩管理工具。

缓解中国的色彩现状问题,需要综合治理。在为期十年的色彩应用教育和产业应用实践中,我们发现一个系统的视觉生态系的营造价值远远大于局部色彩问题的解决。以西蔓色彩的教学为例,十年中我们培养了7000多名色彩咨询顾问,他们中的大部分学成后回到地方城市从事形象咨询工作。当出差时偶遇数年前毕业已从事咨询工作多年的顾问时,我发现其着装用色水准大幅回落的原因是因为所处环境的拉动。也就是说,整体色彩环境的短板拉低了大众的色彩水平,即便是经过专业训练的色彩顾问。因此,色彩问题的缓解是系统工程,是所有色彩显性元素的表达水平能否同时获得提升的问题。城市景观形象、商品形象、个人形象构成了一个视觉生态链，一荣俱荣，一损俱损。

在综合治理意识前提下，需要科学界认识并付诸行动的，首先是色彩教育的改革问题。约翰·奈斯比特曾说，教育问题是当前中国最重要的经济工作。导入实证式应用色彩教学法，完备色彩标准教学工具，培植出具有实践配色能力的教职人员，是目前国家和民间所有大专院校及职业学校最根本的工作。其次，推动国家和各级政府出台色彩环境整治政策，尽早确立各产业的应用色彩标准，加快民间和学术团体为政府和产业输送色彩管理工具的步伐。此外，应由科学界牵动色彩应用知识向全民普及的科普活动。色彩科学知识应是全民普及知识，让大众通过科普活动识别暴力配色和低劣配色，增强审美品位，锻炼基础配色能力，是强化色彩的价值认知和深化利用的最基础的部分，也是和谐社会的发展之必须。

总之，科学界尤其是色彩学术界人士应有一个共同的认知，中国现存色彩中好的一面中有我们的功绩，差的一面也都是我们的责任。我们必须承担道义，针对国情不断地进行学术和实践问题的探讨，寻找解决方案，并全力致力于方案的落实和推动。这是我们最基本的责任。

宋建明：

下面我们请中央电视台陈雷先生谈谈。

陈　雷：

我个人本身不是这方面的专家，也不是研究者，但是我做旅游节目很多年，全国、全世界跑，对色彩有一些感悟。我觉得这种学术沙龙很好，是需要这种对色彩定义和应用研讨的时候了。我想就我看到的举几个事例，一个色彩可以代表很多种特色，在不同时代、不同情形下可以代表很多意思。比如红色,今天上午王教授也讲过,特别是第二次世界大战以后,冷战期间红色代表俄罗斯国旗颜色,在西方国家眼里,那个时期红色就等于社会主义国家,但美国国旗的红色和法国国旗的红色在国旗里面代表另外意义,同是红色代表了活力等其他的意义。

产品方面,意大利法拉利汽车选用红色,因为红色代表活力,代表力量,所以红色给它带来很大销量。我在美国生活十几年,注意到一个问题,如果买红色跑车,则被盗率非常高,这是警方数据显示出来的,红色跑车的保险费要比其他颜色的高。同一个颜色在不同时间不同场合不同条件下,可以反映出不同的效果。同样的红色,比如说在形容人的时候,英语里面有一个叫后脖子是红色的人,代表了美国南部劳动阶层,经常在外面劳动把脖子晒红了。所以,我个人的感触就是说,同一个颜色,因为在不同的时代,不同的领域和不同的环境下,定义它的解释是不一样的。

叶根军:

我觉得这里忽略了一个问题,对色彩表达这一点来讲,色彩表达就是它真正表达的诉求和它的内涵的研究。

色彩是对我们原始理性需求的满足。举一个例子,从色彩来讲,我认为应该有理性和应用两个层面,文化和宗教涵盖在这里边。为什么中国人多赞同红色和金色?大概是因为华贵和珍贵比较有权威。为什么我们这方面没有解释很清楚?另外一点,我们在应用的时候,大家认同色彩是一门科学,这个科学原理方向在哪里,我们应当探究色彩应用的基本方法。

色彩与产品设计

◎叶根军

色彩在生活中无处不在,形容社会欣欣向荣的繁华景象,人们都会想到一个词语——色彩缤纷,说明社会自然的色彩多种多样,千姿百态。作为企业来讲,色彩的作用和目标是和产品结合,从色彩研究这方面来讲是非常务实的。

作为企业来讲,学术的成果是具有指导意义的,怎样转换为生产力和产生市场价值,才是企业最关心的!在色彩研究这方面,企业是非常务实的,企业关心的是怎么从产品的层面来实践色彩研究的成果,怎么利用色彩为产品创造更高的附加值和竞争力。以往在企业里面并没有把色彩作为一个独立的学科来研究,工业设计围绕着形态、材质、功能、成本等方面来做,色彩附加在形态和材质上,只要不显得突兀,能够符合大众消费者的需求即可,并没有引起企业很大的重视。可是近年来,随着经济,技术以及文化交流的发展,产品的同质化越来越严重,消费者的审美眼光越来越高,对产品的选择不只是注重形态和材质或功能,在色彩运用和搭配上也变得越来越挑剔和科学。大家都知道,特别是在技术这方面得到了很大发展之后,才出现了工业产品,而色彩是美学范畴,属视觉感受。所以在我们目前来讲,在企业里面做得更多的是怎么把技术和美学应用起来,让我们产品更具竞争力。

实际上所有企业要回答一个最基本的问题,就是我们的设计,我们的产品,最终要为用户创造价值,要为社会创造价值,这是最终的目的。

那我们应该怎么做呢？我想应从以下几个方面考虑：

(1)研究同类产品的色彩发展趋势和相关行业的色彩流行趋势。

家电企业里做产品色彩研究不能只盯住产品本身，要关注技术的发展以及相关领域如服装领域、汽车领域、家居领域的色彩流行趋势。为什么呢？因为通常色彩的流行最早是从时尚界、服装界中流行开来的，然后进入家居设计领域，人们喜欢把穿起来舒服的色彩用来装饰自己的家,这样感觉会更舒服些。最后进入产品设计领域,所以产品设计的色彩敏感是整个色彩产品的最末端。

(2)研究消费者家居环境和经济发展的变化。

产品中的色彩设计要考虑与其环境的匹配,不是依据设计师的个人喜好随便涂个颜色感觉差不多就行。尤其是家电产品的色彩运用,要考虑与家居环境的融合。要研究消费者的消费心理,要考虑经济的变化对消费者消费心理的影响。比如今年的金融危机,在产品色彩上的表现就是使用低调奢华的色彩。家电是家居环境中的一员,要融合到家居环境中,所以也要密切关注家居色彩以及未来可能流行的色彩。

(3)研究消费者的文化背景和教育背景。

由于消费者的文化背景及教育背景的不同,审美观念也千差万别,对色彩的感知也各不相同。例如,老年人消费者由于思想、心理的因素,不习惯赶潮流,喜欢传统的色彩;而年轻消费者认为追求时尚是一种时髦,显示的是青春、活力。他们有一种潜在的攀比和炫耀心理,不愿在追求时尚消费方面落在别人后面,喜欢鲜艳夺目的色彩。

(4)研究材质与色彩的关系。

产品的色彩不是单独存在的,是和材质与表面处理一起构成了完整的色彩,使用色彩和设计的关联就好比穿不同质地不同色彩的衣服来表现不同的气质一样。相同的色彩配置方案使用在不同的材质上经过不同的表面处理后就会呈现出不同的效果。材质不同,色彩给人们的感觉效果是完全不同的,这正是产品设计中的色彩运用区别于其他设计的色彩运用的最大不同之处。材质对色彩的影响是相当大的,相反色彩也对材质有很大的影响。例如在相同的产品上运用不同的表面处理后,再运用相同的颜色进行喷涂后反映出的色彩效果就大有不同了,在亮光面上反映的色彩亮度较高,纯度也较高。而亚光面上的色彩则明显降低了亮度和纯度。所以用不同材料制成的同色物品仍然会因为材料反光、折光等现象造成不同的色彩感觉,活用材质和色彩的搭配是提升设计的一个很好的方法。

通过这几年我们的研究和实践,我们觉得中国的企业对色彩研究都缺少方法和工具。用什么样的方法和工具去研究仍是大家感到困惑的问题。

企业作调查,怎么样吸引用户的眼球,能够为用户的生活带来美好的感受,同时促进我们产品的销售,为我们企业创造价值,这是我们企业最基本的出发点。谈到色彩本身,我认为色彩最基本的说是感性的,我想人类出现是从自然当中变化出来的,我们得到的是从自然里面看到的东西,自然色彩实际上对于我们每个人在发展当中所形成的思想是根深蒂固的,这个东西不需要去假设,每个人有不同思维不同看法,每个人有不同的色彩感受,就像刚才很多专家讲的,每个民族每个文化体系都有自己的理解,所以作为感性的层面,我们怎么去看待我们中国人自己的色彩,我想我们每个人,实际上在骨子里面是应该有的东西,只是我们现在没有把它释放出来,而是因为继续了我们一百年的落后,在一百年当中我们落后的时候,这个时候我们所有需求的东西都来自外来的文化,外来的色彩对于我们的影响,因为刚才大家都讲了,实际上改革开放之后,有很多人出去了,我们带着一种充满好奇和新鲜的感觉,从外面世界获取很多我们没有见过的东西,因为人都是很好奇,所以把这些东西拿过来之后加上我们的理解,当然这个需要各个方面各个层面,有不同的背景的人出去,拿回来我们按照自己的角色来做色彩,所以没有形成统一的理念,或者统一主题去发展我们的色彩。

在此我再谈谈自己的一点感受。

第一点,色彩虽然是感性的,但是我们怎么去更理性地认识色彩。

有了科学有了技术,我们有了更多工具还有更好的方法,我们可以客观地去认识色彩,刚才很多专家讲到色彩研究、色彩规划、色彩设计、色彩实施,这些东西是科学的东西,我们怎么样把感性层面的东西,通过科学方法工具把它形成一套体系,可以形成、可以传播、可以继承的东西。我想在企业里面,我们现在作市场研究,有一个最大的问题,实际上在企业做起来是比较困难的,因为色彩研究是非常基础性的学科,企业不可能再从头研究。现在很多院校逐步把色彩当做一门学科,同时又有中国流行色协会这样的组织来把研究成果向企业推广应用,这是非常好的。因为我们实际上研究色彩必须有科学方法和科学工具,怎么去理解人看一个东西,看一个事物,比如我们说色彩,在叶教授眼里,色彩是一种数字,这种数字使我们在消费理解上和对色彩判断上,可以通过数字化的东西,还原成可以识别的感性层面东西,理性和感性永远是互相促进互相推动的,就像中国传统八卦里面阴阳是互相转化,互相推动的那样,感性是每个人对色彩的认识,我们把这种感性东西总结成理性的科学规律,通过科学方式把色彩系统化、理论化,更好地进行色彩的运用和推广。

第二点,浙江大学叶教授提到了色彩和光的关系。其实色彩和光是离不开的,光源同样重要,人要想看到色彩必须有光照射到物体上,如果没有光,再斑斓的色彩也只是一片黑暗。当我们看到物体的时候,不仅仅只看到物体,还有物体周围环境。换句话说,我们看到的是在场景中的物体。而我们感受到的不仅只有物体的色彩,还包括了场景中的气氛。此时光线是气氛的营造者,物体也是气氛的营造者。相同的场景,相同的物体,不同的光线会产生不同的气氛。由此可发觉色彩(色光)在整体环境的地位是多么重要。考虑物体的色彩就要了解物体所在的环境以及要营造的气氛。同样的,在我们生活的周围,我们所设计的产品也会受到整体环境气氛的影响。气氛是由人所感受的,例如视觉、听觉、触觉、嗅觉以及味觉感受,因此在考虑产品色彩时便应先注意到使用场景(场合)的气氛,或者可说是要营造何种气氛。产品本身可供营造气氛的基本设计元素包括了形、色、材等。可见色彩和光的结合也极富魅力,现在很多通讯电子产品,如手机等都利用灯光对色彩进行渲染,将蓝色的灯光打在黑色或银色的材质上会给产品带来更特别的效果,可以用来表现产品的 HIGH—TACH(高科技)与 FASHION(时尚)。目前很多手机产品甚至电视产品就利用灯光效果突出产品的特点,比如飞利浦的流光溢彩电视,用灯光和色彩的关系营造温馨的欢聚时刻,给消费者带来视觉享受的同时也带来美学享受。

　　总之,世界是色彩斑斓的,人们从色彩中体会自己的真实感受,设计与色彩一样能够给人们带来激情,更好地结合色彩设计才能完美地体现,而在工业设计领域,色彩的设计和分析又有其特殊性,更好地理解产品,理解色彩与各方面的配合才能更好地进行设计。了解工艺,了解材质,了解环境,了解用户,对色彩的研究更有效。

汽车涂料与汽车色彩设计

◎黄　鹂

　　汽车的色彩设计,使汽车具备完美的造型效果,更好地体现车型和自身功能特点,符合消费者的心理需求,提高产品的市场竞争力。特别是中国的汽车和汽车涂料市场,涵盖了北美、欧洲、日本、韩国等跨国公司和国产品牌的激烈竞争,在汽车颜色设计上,切合中国本土需求,综合地考虑分析企业、产品、市场、环境和消费者的需求,是争取市场的一个很关键的手段。

　　作为汽车色彩的设计,因为汽车的生产流程、功能、定位的不同,使它的色彩设计区别于其他工业品的颜色设计,我们一般需要关注以下几个方面:

　　(1)汽车定位。汽车的定位包括价格定位、功能定位、形象定位、目标消费群体定位等。从价格定位来看,价格越低的乘用车车型,颜色的种类越多,颜色也明显具备鲜艳、个性、张扬的特点;价格越高的乘用车,颜色越内敛、稳重,基本上集中在黑、白、银、灰等无彩色。这个特点其实也与不同价格定位的车所对应的目标消费群体相关:小型乘用车面向的消费群体比较年轻,喜欢时尚个性鲜明的颜色;而中级车、高级车一般还兼顾商务用途,要求体现身份、品位、成熟的趋势更明显。其次,车款是 SUV、MPV、CROSS 等不同种类,车款的形象是要突出奢华还是活力、是运动感还是安全感,也会对颜色的需求不一样。

　　(2)品牌理念。品牌理念包括品牌个性和品牌价值的考量。一提到Ferrari(法拉利),我们头脑里浮现的一定是一辆红色的法拉利,火红的颜色与它的动力澎湃、热情四溢的品牌形象相得益彰。如果说 F1 就是法拉利最好的广告形式,那么红色就是其最好的形象代表,也是汽车行业中一种颜色来引证一个品牌的最让人印象深刻的例子。而提起 BENZ(奔驰)车,我们就会想到一辆黑色的商务车形象,黑色与奔驰汽车的宗旨"精美、可靠、耐用"相匹配,支持其成为高质量高档次高地位的象征。

(3)社会时尚(建筑、服装、影视等流行趋势)。社会时尚所造就的流行色是几乎所有行业的风向标,从 1980 ~ 2000 年汽车流行颜色的变化,流行趋势和受流行趋势影响的人们的审美观念的变化是一致的,从浓艳、厚重的颜色感觉,朝着高光耀感、透明感、清晰和清新的感觉变化。

(4)工业美学。汽车的颜色设计不仅仅是车辆外表的颜色设计,还要考虑保险杠的颜色搭配(如采用与车外表相同颜色、采用银色体现保险杠(塑料材质)的金属感)、内饰的颜色搭配、部分车型套色工艺的需要等。

(5)工业生产。因为汽车生产和涂装是一个流程化的生产过程,为满足实际生产的需要,在颜色设计时要充分考虑该颜色的遮盖、修补、稳定性、再现性等性能能否满足大生产的需要。

(6)地域文化(不同国家/地区、地理环境、气候)。同一个民族在不同地域对车色的选择也有明显的差异;同一民族在不同的历史时期,因不同发展程度的经济文化的影响也会改变对车色的好恶;在不同文化体系下,色彩所表达的意义可能完全不同,选择运用何种色彩时,一定要与色彩文化相合拍,需考虑产品面向的是哪一个群体,以免产生适得其反的效果。某种色彩也会在这一群体中保持相对稳定,体现为较高的消费比例。热带地区喜欢浅色调,例如白色、浅灰色、黄色等,寒冷地区喜欢深色调,例如枣红色、蓝色、黑色等,这与地理环境、气候有关。

汽车工业在发达国家已经有百年历史,他们在汽车颜色研究方面已经达成共识和规范。我所在企业的日本投资方——日本关西涂料,他们对中国市场的汽车颜色趋势特别关注,对中国车展和中国主要城市街头汽车颜色进行统计和分析,在颜色设计方面他们在 2007 年日本 Auto color 评奖中获得了 5 个奖项中的 3 个:时尚设计奖、评审特别奖和外饰部门奖。这是在日本的例子,而其他主要汽车生产国都将汽车颜色开发放到了和汽车车型、功能设计同样的高度,他们对自己国家汽车颜色分布的统计和分析已经积累了几十年的经验。前面也说了不同国家、民族的颜色喜好是不一样的,什么是中国的颜色数据和趋势?中国缺乏这样的统计数据,也缺乏能够跨材料与美学领域的汽车颜色设计人员。作为企业的代表,特别希望流行色协会和我们从事艺术相关的专家,都致力于研究挖掘色彩的人文价值、文化内涵以及使其在产品价值当中得以实现,这是企业最想看到的。作为汽车涂料行业来说,颜色的运用以及趋势的分析,也不仅仅是涂料开发过程中一个环节的事情,上层供应商以及汽车厂家,他们怎么看?颜色的设计和选用是一个联动对应的过程,相关行业和厂家都应有这样的概念和意识。只有在相关方面的共同努力之下,才会改变中国汽车行业的合资企业在引进国外车型时照搬颜色设计、自主品牌企业颜色设计时没有数据支持的局面。

湖南湘江关西涂料(中日合资)作为中国最大的汽车 OEM 涂料的制造公司,为全国 35 家汽车制造厂提供车身涂料,设立了专门的色彩开发机构,每年新开发颜色数量达 200 多个。为了把握中国汽车流行色彩及其变化趋势,公司每年统计分析各大颜料厂家、汽车厂家、涂料厂家对汽车颜色趋势的分析资料,统计分析各品牌汽车实际销售的颜色分类数据,对颜料和其他颜色相关材质技术的了解和提升:发布汽车颜色流行趋势资料;到汽车厂家进行涂料颜色推荐和交流等。我们在中国流行色协会 2007 年"汽车颜色趋势委员会"成立的会议中发布了 2007～2009 的颜色趋势报告。从现在的时间点看,比较准确地趋势预测包括:银灰色在中高档车市场的份额增加;红色在 2008 年占有彩色的比重增加;银色 CROSS 颜色的增加的趋势等。

2009 年我们通过对 2005~2008 年中国汽车颜色数据的分析、2008 年不同车型（MPV、SUV、微面、微轿、中小型车、中级车、高档车）的颜色分布、街头调查数据、北京车展和广州车展的颜色情况总结见文后彩图 4 中国汽车行业 2005~2008 年汽车颜色分布情况（包括 300 万辆左右乘用车/商用车的颜色数据统计结果）及文后彩图 5 中国汽车行业按车型分类的 2008 年颜色分布图。

我们预测在今后 3 年各汽车颜色的趋势包括：无彩色之中的银色概念因为往往和现代、高科技、高品质联系在一起，几乎适合所有车型，所以银色未来几年仍然是最大的颜色，但由于灰色、香槟色、冰蓝等银色变化色的增多，会使得银色份额略呈下降趋势。黑色则是政府及商务用车的首选，在中高档汽车占有非常高的比例，其比例会稳定在 15% 左右。白色在中国代表纯洁，也是一个放大色，容易为人们所接受，汽车中白色的比例也将稳定在 15% 左右；另外珍珠白色能提供浪漫的干涉色，在今后几年内比例会有上升趋势。而灰色比例正在上升，在设计时存在很多选择，在灰色中加入不同颜色的闪光材料赋予灰色不同的意义。

有彩色中蓝色能使人平静，是一种博大精深的颜色，几乎所有都不会拒绝蓝色，作为有彩色中最大的颜色，占有量会稳步上升。而红色作为中国特有的喜庆颜色，素色红在中小型车型上表现优异，同时高档珠光红在中级车上也是不可或缺的颜色，红色会随着私家车比例增大而增多。对于绿色，其他绿色在汽车颜色上一直是表现不佳，今后会在 SUV 上以及微型轿车上有所作为，绿色占有量还会处在一个低的水平。其他一些满足不同个性人需要的颜色，如黄、金、紫色、橙，在今后几年内神秘的深紫色以及彩度较高的红相紫会占有一定的比例；而金、黄色在一些两厢车以及微型轿车上出现；橙色一般只能出现在跑车上。

我们从今天的研讨会上也看到 2003~2004 年在法国发布的服装面料

的流行趋势,如红相的蓝色、橙色的流行趋势等,在 2005～2006 年的汽车颜色设计中也体现了类似的特点,证明颜色的流行趋势会和各个行业有联系并产生影响。希望在中国的汽车行业,颜色这个话题也能够引起高度的重视,使颜色设计成为促进产品销售、提高产品附加值的一个有效手段。

宋建明:

从黄女士给我们出示的汽车色彩调研数据中能够看到色彩变化的轨迹。

吴 欢:

我想谈谈流行色,流行的东西彻底失去个性化,这个蜕变过程很有意思。色彩流行与不流行到底是怎么回事?我觉得流行从色彩上说有"商业阴谋",色彩为某种"商业阴谋"服务是正确的,充满了智慧,从流行到不流行,什么地方应该流行,什么地方应该不流行,该怎么控制,如何发挥流行色的作用,我觉得这是一个很有意思的观点。城市有色彩舒适的问题,另一方面,在经济发展中的色彩问题里面,有很多值得研究的问题,我不是色彩专家,只是提出一点感性的认识。

宋建明:

吴先生的观点倒是一针见血,指出流行色后面有人操纵的影子,它在某种程度已经转变成了一种行规。从流行色的形成到流行色可操纵性的发现是经历过发展的过程的。流行色起源于服装行业生产商业与推广的需要。第二次世界大战之后,巴黎的成衣业发展快速,但是遇到瓶颈问题,一方面市场上买不到令人满意的服装,另一方面服装生产者的成衣大量积压,生产失去发展的方向,亟待有人引导服装设计与生产符合市场的需求。于是,就出现了一批推广服装款式专业的人,做 Promotion of styles 的工作。他们是由一些服装设计师、色彩研究者和商业营销人员组成的,他们从市场上分析出规律,专门为成衣企业做款式、面料与色彩概念设计指导工作。随着分工的细化,就有了一些专门搞色彩的人加盟。色彩人通过色彩手段,获得了成功。为了更大的市场效益和更加广泛的国际市场,他们就组织了国际性的流行色专业协会,引领国际化的厂家进行国际市场的运作。由协会专家组提出未来市场色彩流行的趋势,供会员国的企业参考,这些企业或者品牌的设计师在这样趋势下作设计,对于生产厂家来说,未来的生产有了方向,对于市场来说在未来的一个时期主要的市场板块的产品能够形成一种近似的趋势,有助于本时期时尚感的形成,有助于引导消费者。久而久之,市场就呈现出变化有序的时尚色彩潮流,在潮流中的产品销量大且附加值高,与潮流不符的则销量低,附加值低,甚至滞销。

关于流行色的研究本身要在这个过程中不断地发展与完善,按照纺织服装行业生产与销售的规律形成一套完备运行机制。根据季节周而复始地推出从纱线生产、面料生产、服装生产到服装上市阶段中周密的插入主题策划、概念展示、原料与再加工供应、产品销售流程活动,推动着以欧洲为中心的纺织时尚业的运行。关于流行色的研究,便是按照每季节提前18个月发布,每年两季(春夏、秋冬)为单位进行运作。色彩之后依次是纱线、面料、时装以国际博览会形式每三个月为一个阶段地推进。

现在的问题是这个看似规律的运作模式,所有参与国都有发言的机会,都有提供本国认为未来18个月后最时髦色谱的资格。但是,待到每季色彩专家最后定案会议时,实际上的操盘话语权还是掌握在以拉丁文化品味为轴心的国家里——其成员国是法国、意大利、西班牙,或者更具体的就是在法国和意大利两国代表的手中。其他会员国基本上都是在定案前发出民主的声音,后面基本上就没他们什么事了。客观地说,法国和意大利等西方专家在做最后的定案时确实表现出令人信服的色彩美学的品位,他们表现出的市场经验和时尚的敏锐度确实优于其他人。所以,大家也就默认了他们的决定,尽管法意专家间经常要因为某几块颜色争吵不休,最后总是以彼此妥协的方式达成协议。

据了解,他们其实就是某些大品牌时尚顾问或者总设计师。他们来开会之前,他们所服务的品牌产品未来季节的色彩趋势已经在生产线了。他们到会之后,当然要把他们的工作渗透到国际流行色趋势之中,以便影响流行色趋势。

缪 臻:

所谓阴谋和阳谋,都受资本的推动,因为现在主宰全球的是资本,商业利益的驱动,使得流行成为一种被极少数掌握话语权的艺术家或者设计师制定的游戏规则。

首先,流行色的制定是需要资本的,而前提是商业的推动,也是为了获取更大的商业利益,需要具备的条件:第一是资本;第二,需要我们专家的支撑,现在历史给予了中国机遇。王教授刚才提到的这些理论,包括中医、哲学、社会科学、政治这些都可以从理论上帮我们解决为什么中国的元素未来可以成为世界流行色的主宰。

在制定了这些游戏规则以后,我们需要通过一个平台把它发布出去,所有的时尚展示,时尚秀就是制定完流行色以后,要通过一些平台把它展示给大家,我们需要集中一些社会的,所谓的尖端人士,包括各个品牌顾问设计总监也好,进行系统化的讨论,当然西方做得比较好,它找到了一个比较适合于商业推动的体系,它把这些颜色的审美,组成一种系统,每年制定出来让大家感觉到流行就是趋势。其实是人为制造出来的,是为了商业目的。还是回到起先的想法,我觉得总结这些,最重要是唤起大家对中国流行色在国际上的制定话语权产生一个强烈的信心，我们应该迅速取代别的系统，把我们自己的色彩体系在西方国家迅速推广占领市场。历史给了中国机会，金融海啸使得中国的品牌获得了在国际舞台上存在时尚话语权的机遇。我认为，作为流行色协会应该做工作，应该推动色彩科学的普及，推动中国艺术教育的发展。因为现在我们的国家从经济上已经取得了可喜的成就，但也必须很清楚地意识到自己的问题。

梁 勇：

刚刚缪臻谈到时尚话语权的问题，我想谈谈自己一点看法。

这么多年来从事产业的服务，我们协会会员里有80%是产业界的，今天在座的有来自本田、长虹和关西涂料的专家，他们都是色彩应用方面比较突出的企业代表，我听了他们的发言以后非常有启发。现在举纺织服装方面的例子，很多年来在世界产业链中，我们加上原材料、人力成本，在产业链只能获得15%的价值，剩下85%是被这些西方国家通过文化品牌、物流、营销的模式创新等获得，我们给国外打工其实很辛苦。这些年来我们也一直讲如何使中国制造成为中国创造，但口号可能比行动要多，原因是很多的。正如刚才宋院长提到的国际流行色委员会，实际上中国早在1983年就加入这个国际组织，每年也提交中国的色彩提案，并不是我们不努力，也不是他们比我们水平高，核心还是我们的产业界在国际上的地位问题。我们作了一个调查，目前我国纺织企业的平均利润大概只有3.8%。如果试想一下，通过创造能够使我们在产业链中将价值从15%提高到20%，那将会有多大的财富增长。

所以，我认为要民族复兴，才谈得上真正拥有时尚话语权，这不是一蹴而就的，需要一个相当的过程。而这首要前提就是产业振兴，我们正在改变目前的情况，形势向好的方面发展，越来越多的人从意识上认识到这个问题,需要大家的齐心努力。

再来讲色彩科普问题,其实色彩是"双刃剑",它既能够利国利民也能够被一些不法商人利用色彩问题误导消费,过去我们不重视。2005年我到西班牙参加国际颜色大会,其中英国色彩专家提到色彩伦理问题,我觉得非常有道理。他们讲国外很多地方立法不允许卖熟食时采用红色光源,怕误导消费者。我回来后注意到,大多数的商场和摊贩在卖熟食的地方都利用红光源,这是不是误导消费者?还有的人甚至利用老百姓的色彩常识,制造红心鸭蛋,毒害消费者。我们常常提到如何通过色彩创造时尚竞争力,但一些厂家商家反其道而行之,利用色彩蒙骗消费者。所以,色彩科普与教育问题是一个大问题,需要全社会的努力。

航空领域的色彩应用

◎刘　清

色彩是一个社会人性化程度的体现和审美秩序的表征,是社会心理变迁的晴雨表。

色彩牵涉的学问很多,包含了美学、光学、心理学和民俗学等。当视觉接触到某种颜色,大脑神经便会接收色彩发放的信号,即时产生联想,例如红色象征热情,于是看见红色便令人心情兴奋;蓝色象征理智,看见蓝色便使人冷静下来。所以人们巧妙地运用色彩,可以营造特定的审美经验和行为秩序。色彩与空间之间互相依存,互相作用,互相制约,互相融合,情感空间和色彩空间共同和谐地存在于特定空间视觉语言环境之中,为空间赋予最佳的视觉表情和恰当确切的心理定势。

比如在航空母舰的飞行甲板上,着红色制服的水手只管装填弹药;着绿色制服的只管装备维修;着棕色制服的负责固定飞机;着紫色制服的负责补给油料;着黄色制服的是导航指挥人;着白色制服的是安全保卫人员,他们都在围着一二百名或执行战斗或执行轰炸任务的飞行员转。航母上靠制服颜色来区分工种,既简单又高明,否则盈尺之间成百上千人扎堆如蚁,自己先乱了套,岂能用兵如神?

同样道理,航空器作为一种封闭空间,空乘人员的制服色彩和服饰搭配,既是一种实用需要,更是一种视觉王国的创建。成功地运用色彩美学,可以构建和谐喜庆、赏心悦目的视觉秩序和心理满足,并为时尚潮流标杆提供样本。

以国际排名第八、亚洲第一大航空公司——中国南方航空公司（China Southern Airlines）空姐制服变迁为例，20世纪80年代是墨绿色、1992年是宝石蓝、1997年是大红色、2005年后是玫红色……中国社会的整体风貌随着以上调色板的变换，也从肃穆单调，走向个性昂扬，光彩照人，直至华丽典雅。

　　我国的民航事业脱胎于军事体系，起初从建制到服务思维，都秉承着部队的作风，所以空乘服务人员也被视为准军事人员，空姐几乎是某种意义上的女兵。所以她们的着装和用色绝不会过于突出女性特征，而且要刻意淡化世俗的想象，并体现出"公事公办"的风格。不难想象，新中国成立后，属于军管的民航空姐服装色彩和款式都显得简单朴实，直到1980年中国民航从空军分离出来，国内空姐开始穿着统一制服。曾几何时，个人坐飞机需要单位批准、需要介绍信，空中旅行的目的除了公务还是公务，这一定势下，航空器内的职业色彩只能保持平板和单调，由不得人性化浪漫和时尚感来插足。

　　随着中国社会进入改革开放，人们日益解放思想，也随着民用航空越来越市场化和国际化，坐飞机已经不是少数人的特权，也不是政府人员的垄断行为，已经成为商业社会的大众消费行为。美和色彩，得以堂堂正正地降落到航空器空间内，成为服务者和被服务者的共同享受。

　　空姐制服颜色也因旅客的人群出现变化而变化，显得越来越亲切、热情、休闲和国际化。

　　南航空姐的最近一次大换装，发生在2005年1月，主题为"碧水红棉，彩云南天"。值得注意的是两个特点，首先突出了人本关怀，没有回避性别的天然魅力，没有把空乘人员简单地"格式化"和"背景化"，而是把他们当成航空器空间的基础设计亮点，所以在用色上没有沿用原来的深蓝色和大红色，而是改用其临近色，即天青蓝色（用于职位较高，通常年龄也稍长的乘务长,国际上叫做客舱服务经理)和玫红色(用于乘务员)。色彩主调既遵从了南航标准蓝色、木棉红色,又结合现代城市自然与人文景观中的流行元素,同时适当规避亚洲人皮肤颜色偏暗的弱点,这样取得的效果是既时尚靓丽又极具亲和力。其次是大胆采用了和国际接轨的设计模式,国内外公开招标后选定了法国服装设计师 Stephane Soh 的作品,这种开放的态势引起了国际舆论的极大好奇和好评,标志着中国社会的审美趣味已经不再孤芳自赏、故步自封。最新的空姐制服在款式上也一改上下一体的老套组合,而是采用静色与斜条纹搭配,版型修身适体又显出高贵,外形轮廓清爽干练,细节精致,在高雅的职业女性气质中渗透出国际大都市的东方人风韵。经典的色彩外观,庄重的色彩内涵,组合条纹在两个色系之间往来穿插,平添一份活泼清新喜庆,恰到好处地体现了现代民用商业航空器空间需要的魅力与秩序。

再看民营企业上海吉祥航空的女空乘制服的设计理念,也体现为高端旅客服务的用色理念。它以中国传统的吉祥色——酒红及紫色、金色为基色(这些颜色在传统文化心理上传达出雍容富贵的气息),以中国传统的旗袍款式为整体服装的基调,吉祥航空女空乘制服力求完美展现东方女性古典细致与蕴含现代女子知性而慧洁的形象特点,同时也艺术地强调东方女性玲珑有致的形体线条。

总之,空姐的淡扫娥眉与严格训练过的举手投足,不仅满足了顾客作为消费者的合理心理需要(我被服务了,而且是作为尊贵的客人,是所谓高端的体面消费),也体现了色彩运营中颇有乾坤,微言大义存焉。

至于为什么要让乘务长穿蓝色?国外科学研究表明蓝色让人镇定,资料显示颤抖症病人在看到蓝色物体时症状会得到明显缓和。所以,蓝色在人的视觉心理中带给人的是理智、平静的抽象联想,代表了明晰、合乎逻辑的态度,能够促使人去理性思维。通常,管理客舱服务和处理问题权限的资深乘务人员优先选择蓝色为制服色。

这次论坛开始有人谈到色与空的关系，我以为色与空，也就是灵与肉的关系，是物理与心理的对照，一切的美与色彩，从根本上都是绽放在人的内心世界里。

梁　勇：

刚才刘老师讲得很好，前不久我应约写了一篇中国服装色彩30年的文章。在写的时候感慨万千，从改革开放30年来的中国服装色彩变化中，切身感受到中国社会的进步与发展，色彩就是一个社会变迁的符号。

色彩的应用关键还是企业领导的认知，比如说日本资生堂公司在研究不同光源下化妆品的色彩稳定问题，如果一位女士用一种化妆品，在家里光线下把自己脸化得很漂亮，但走到舞厅里或者卡拉OK厅里后，由于光源的不同，使她的脸与家里化妆的不一样，甚至像鬼一般，你想她心情会怎样，很可能对这个化妆品品牌产生不信任感。所以，资生堂公司要研究不同光源下化妆品的色彩稳定性问题。服装企业也是这样，一些国际品牌公司在研究不同光源下服装色彩稳定性，采用不同的染料，通过不同的配方都可以染成红色，但是在不同光源下由于色彩稳定性不一样，这样就会造成在商店里看的与在马路上穿的不一样。原来我们不重视这些，但当生活达到一个品质，特别是今天强调品牌文化时，对这方面就很关注了。我曾去韩国三星公司考察，三星公司的色彩研究和预测工作就做得不错，研究的是未来两年的产品色彩趋势。所以，有时我们可以模仿国外产品的99%，但是就差那1%做不到，从而可能使我们的产品价值就低了很多。几年前，长虹公司曾经与中国流行协会进行合作，开展中国城市居民的色彩调查，我觉得应该使这项工作更加系统化。从2004年以来，我们一直在进行中国城市居民的色彩调查，涉及东西南北中的七个城市，几年下来，收获很大。

我到国际品牌公司考察的时候,注意到他们常把色彩作为消费情感的表现和符号去认真调查和研究,这是色彩心理学研究的范畴。在这方面,我们的不少品牌企业并没有把色彩作为品牌价值一个重要的环节去看待,我觉得还是一个认知问题。

宋建明:

这里给大家放两个与色彩应用主题相关的课件,一是关于法国色彩设计的话题,另一个是关于国际流行色委员会专家定案会的内容。

今天讨论的时尚色彩和工业产品色彩设计可以通过这些画面得到一些法国色彩设计界的信息。这是我的导师郎科罗在巴黎的 3D 色彩工作室。我曾经写过一本介绍他思想和工作情况的《色彩设计在法国》一书,由上海人民美术出版社出版。书中主要介绍了一些他关于色彩设计的理念和方法论的观点,这些理念主要有助于推导出时尚产品的色彩设计。从这些设计流程中我们不难看出那个市场是这样一步一步地推演时尚色彩故事的,他们有一群职业研究和使用色彩的人在工作。你刚才提一些色彩问题,在巴黎为什么没有这样的问题,是因为他们已经用很专业的方式来处理了,是常态的事了。而这些问题的解决在今天的中国还是比较辛苦。因此,需要有一系列的概念限定性的诠释。

下面我介绍一下国际流行色的游戏和流程。这是在巴黎老区深处的"欧洲之家",2000 年一季的国际流行色委员会会议就是在这里召开的。2000 年 12 月我在巴黎作研究,中国流行色协会委托我代表中国参加这次会议。会议开始,每个国家可派两个代表来介绍本国的流行色趋势概念。

每个国家都提供一套提案,这套提案大致由 5~6 块展板构成,每块展板都要有一个主题词和提供一组时尚色组,并且要介绍这组色的配色依据,配色思路和面料的状况。中国当年的展板是我去宣讲的,根据我理解的国际视野看待新世纪中国的立场而中国应该发出的时尚声音加以诠释的。我介绍,并且回答了各国代表的提问之后,得到了一阵热烈的掌声。那天还有一次掌声是送给意大利人的幽默表现。23 个国家和地区的代表依次介绍完以后,由常务理事国代表开始讨论,这之中有荷兰、法国、意大利、西班牙等国代表。发现本次会议的常务理事国,是地中海一带以拉丁文化品位为核心成员组成。大会主席是一位意大利的女士,她代表理事国将这一两天各国专家提供的方案进行分类,提出未来 18 个月之后的即 2002～2003 年秋冬季的流行趋势,并定为 5 个主题,围绕这 5 个主题大家分小组展开讨论,约每五个国家分一组。讨论的内容与方法,主要是各个国家代表表达对这个主题在文化层面的认知和理解,这个主题与形象色彩之间的关系是什么?与之相吻合的面料应该是什么?色彩感是怎样的?讨论毕,进行大组汇报,在经过常务理事国代表整合,提出被确立的 5 个主题含义以及大致的色调和数量。

在宣讲本国趋势概念时,每一个国家都把自己认为 18 个月之后最流行的颜色组的色样提供给大会,大会把这些色样打乱了堆在会场中心的一张大平台上供大家选色。当大会主席宣布完选色规定之后,除了常务理事国的代表之外,所有人都扑向这张大平台上开始七手八脚地抓排自己认定的时尚颜色组群。

这就是那一年定下来的五组颜色,选定后,由这位意大利籍的主席女士诠释本年度的色谱特点。主席解释完了以后,就由身边的工作人员把刚才定下的那些色彩布样加工成这样的小色卡条,然后按序贴在一张 A4 大小的版面上。他们两天以后就给每个会员国发这份定案色样版。我收到之后就立即用特快专递寄回给中国流行色协会。这就是那年的国际流行色的定案方案。我们的流行色协会收到后就会迅速复制这批颜色样品,以同样的排列寄给它的会员,在第一时间告诉他们:这是未来 18 个月国际流行色定案系统。目的是让会员们根据自己品牌特点决定该怎样演绎这份信息。

会议结束的第二天,组委会请我们这些人参加一个在埃菲尔铁塔下召开的国际纱线博览会。这是非常专业的博览会。在这个博览会上有这样一个展区,就是所谓的中心展区。中心展区中主要是向专业人士诠释本届博览会宣传的主题。

当我看到这些放大的色样之后,我突然明白了这是18个月前那次会议定下的方案。后来我在中国流行色协会的档案中果然找到了这个版面。现在请大家看看流行色定案是怎么做推广的。这就是标准色。就是刚才那四组用一个装置艺术手段撑开的色谱。在标准色谱区后面还有跟这个一样的产品概念、面料概念两个区。

流行色不仅是颜色本身的学问,而且还有结合各种技术、艺术以及营销手段,西方人在长期的实践过程中已经形成了一套符合商业运行的游戏规则和周期。然后还要借助大量的媒体,在他们控制的大型的市场上来传播,使公众觉得它们新推出来的产品是最为时尚的,你只要穿上这样的色彩,在这样的空间中行走肯定是最和谐的。而上一季的东西到这时就变成不和谐了,不和谐了心里就很郁闷。流行色的秘密叫什么?就叫"使之老化",就是使存在产品在新时段中自然发生"老化"。这个"老化"在哪里?不是物质的老化,也不是技术的老化,而是让你感觉产生"老化",让你不掌握不拥有最新的东西你就是不敢上街。这就是话语权及其影响的力量。

而这个时尚话语权必须通过多个专业协同合作才有能够建构起来。要研发设计、工业与科技的提升,还有营销结合起来的,而且要做强它,背后还要有大的财团支持。Sofra是一家LVMH旗下的香水店,它们这一条线就表现得很清楚,现在已经进到中国比较大的城市。它就是拿化妆品的销售平台作为时尚话语权的。

周家杰：

我这里有一个例子，广州本田公司在做一个自主品牌。我先说一下背景，大部分中国和外国合资的汽车公司，可能签30年合同，政府希望能15年内发展自己自主品牌。也就是说广州本田已成立10年，离15年的时间不远，广州市政府希望广州本田公司必须要有自己知识产权的品牌。之前，除了生产挂HONDA标志的车以外，我们没有自己知识产权的汽车。现在很多合资品牌急迫要做自己品牌，不管是政策要求还是希望能从企业角度去创造品牌，这两种出发点都有。所以广州本田推出自己的品牌，这个品牌要有自己的定位。

可能大家看到更多的自主品牌是民族品牌，民族品牌给大家感觉会比较价廉，而产品质量还需要时间的改善。我们在做这个品牌规划时，从这个PPT我们看到企业战略和品牌战略以及究竟颜色在哪一块，其实颜色下面有一个品牌CI，颜色只是CI的一部分，颜色对品牌影响究竟有多大。这PPT到外围是4P营销策略，包括进行产品设计，产品设计是战略中的一部分，并且构成了一种品牌文化，再到外围更多顾客沟通，普通老百姓是否喜欢这颜色，为什么好看，究竟吸引哪些人群。

我们在做品牌内涵之前，有几项工作是必须要做的。如刚才梁会长和宋院长所说的时尚话语权，现在中国汽车市场已经超越德国，成为世界第二大汽车消费国家，在2015年甚至会超过美国，美国经济萎缩，美国通用公司现在不知道去向如何，中国有些车企表示有意收购。中国汽车发展市场实在太快了，根据国家信息中心预测，虽然由于金融危机已经调低GDP增长速度（由原来9%调低至7%左右），但是汽车增长依然还是非常迅猛。这就是为什么中国汽车行业发展仍然比较明朗，市场整体分析也同样明朗，会成为第一大汽车消费国家。除了明白市场趋势这一点，我们必须对中国顾客进行研究；研究中国的顾客，中国顾客能够帮这些企业赚钱，这些中国企业就有话语权。

所以，关于汽车颜色，我们不要看欧洲颜色是否在中国流行，中国涂料往往有自己的特色，因为在欧洲、美洲曾经用过的颜色可能在中国会很快被淘汰。顾客声音永远最真，若顾客不买这种颜色的车，厂家生产这种颜色就是浪费成本。

我简单说一下自主品牌的建立过程，首先对自己企业有一个品牌的模型，我们分析一下自己的优劣势。纵览世界所有汽车品牌发展史，看到最早的是起源欧洲和美国，刚开始是经济大众，在第二次世界大战日本战败之后，是以科技立国，20世纪50年代日本更多是依靠优良品质的产品定位去获得一些顾客的，也得到了顾客对他们企业的信赖。我们看到，20世纪80年代美国市场在迅速崛起，美国空间非常辽阔，传统美国车开起来的感觉和日本车的差异是非常大的，真正传统的美国车开起来像坐一条船似的，美国路非常宽，开起来越快越稳。这时，世界各大品牌突出符合美国市场需求的豪华品牌（包括本田讴歌、丰田雷克萨斯、日产英菲尼迪等）。20世纪末，大家发现中国市场快速增长，从1986年有夏利，随后有吉利等民族品牌诞生，但这些品牌的最初定位后退了将近一百年，回到了20世纪初，走经济大众的路线。

如果我们现在要做中国的自主品牌，应该站在整个世界发展史高度来考虑。当时觉得，我们考虑不仅是现状，还要看一下未来。未来更多是考察一些最新的概念车给我们带来的一些灵感，一些欧洲、美系概念车时尚豪华动力，因为当地的马路比较宽，另外一个原因是移民国家的顾客经常旅游，且讲究动力和舒适。像奔驰、宝马这样的欧系车则更多讲究的是动感和科技。目前有这样的通俗说法，在车科技方面欧美领先日本，日本领先韩国。

日本概念车因为日本国土狭小并推崇环保等原因，包括老龄人口比较多，未来的产品强调后年轻化人群的需求，而且要讲究节约能源，因而这些车看上去很可爱,但并不是很大气。所以做自主品牌时,我们提出,首先继承整个 HONDA 的基因,因为 HONDA 在世界上就是安全环保信赖的品质,那么反映中国顾客价值的取向,并站在整个世界基础走向国际体现世界动感的品牌,这个就是我们当时 2008 年花比较长的时间来制定自主品牌的品牌内涵,本着这个品牌理念我们做了一下它后面的 CI 工作,从 CI 再到颜色规划。

我们做整体视觉系统,一个标志和名字在前,我刚才讲品牌的内涵。品牌内涵涉及品牌名称,这是对整个品牌将要面对用户的分析,包括家庭收入、年龄比例、心理需求等,其实我们这里用了一些模型来分析,而且他们现在表现出来喜欢到哪里去,这些年轻人比较喜欢上海新天地,这些北京的酒吧能展现出北京国际化特色,这个是整个视觉系统的,从而设计出概念车。

让我们简单地看一下品牌色彩的应用,例如在与顾客沟通方面:营销手段,我们怎么样体现出这种绿和黑的结合。图片中的车非常有中国特色的中国红,仍然跟这种大家看到整个版面城市背景都是墨黑的颜色,这个颜色给人太阳刚升起来的感觉,又能够突出产品本质的颜色,还能够体现出很独特的品牌颜色。所以让大家过目不忘的就是理念,品牌自己独有的品牌色,如果我们在车身上用品牌色会不会不适合呢?在此我们做下大胆的尝试,做调研往往发现中国人喜欢绿色但是不会开绿色的车,男人几乎不开绿色的车,因为男人比较忌讳头顶一个绿色。我当时跟某涂料日本设计师解释比较长的时间,因为他们需要时间来了解中国文化。

我们看看品牌整个过程和流程怎么突出颜色规划的,本田从 2005 年开始做了相关顾客心理调研,我们简单举一下例子。

一般而言,我们提前两年做相关的调研,例如我们 2009 年颜色规划需要在 2007 年做一个调研,我们将现有车的级别由低到高地区分。我们首先做一个消费者简单的陈述,这是从人口统计学方面,包括年龄、性别、家庭收入、学历、职业婚姻家庭等等以及他们现在使用的手机和服装。我们在调研中发现，顾客把车比做情人或衣服，他觉得这个东西能够拿得出手，能跟自己应酬或者出现在一些场合。这是我们对手机颜色和服装颜色做的一个统计。发现顾客中，年轻人觉得车的颜色，第一就是体现个性，体现个性就是跟人感觉还是亲和力，还有一种向往优雅，因为还要成长，等他们成长到30岁以后要体现优雅的内涵。各个层次会有一定的差别，不同城市的顾客也会存在差别，在北京可能讲的更多的是个性，深圳感觉就是安全的，为什么呢？深圳城市发展非常快，但这是个有点浮躁的城市，其实有些方面有点像三亚，这个城市到了晚上大家看到楼层都没有万家灯火的感觉。年轻人不回家，他们可能觉得深圳不是自己家，所以往往在汽车方面更多追求一种安全感。在大连顾客追求一种比较时尚和优雅的产品，东北人线条相对比较粗犷，他们希望体现的是南北结合的一种优雅风度。

这里反映的是心理层次上的需求，排在前面的基本上是比较相近的各大城市。第一需求是自由自在的感觉，其次是要有安全感和能够表现自己个性。这个图片很有意思，是我们去一个用户家里面拍摄的一些东西。我们看到车是什么颜色，他用一种白色，这种人更加体现出来是什么，白色的方便改装，据说花了很多钱改装这个车，而且车给人动感年轻化的感觉。但是他的家具使用的颜色却是五颜六色的，大家可以看到他厨房里面都是橙色黄色，他觉得亮一点的颜色能够感觉愉快一点，包括一些玩具还有桌子等地方也是这样的，车是一个情人。喜欢"情人"，它给他带来无穷的乐趣。还有讲忠诚的话，情人不一定忠诚，但是车是最忠诚的。这个顾客说如果要终极目标，会要一辆兰博基尼。大家感觉到汽车品牌颜色就是环境。

这是我们作颜色的调查，基本排在前面是一些白色、红色、或者蓝色，包括各种颜色给大家的各种感觉，我在这里向大家展示比较多的是红色，大家觉得活力激情，蓝色感觉到平静。举一个例子，珍珠白体现出先进感，因为这个珍珠白不是纯白,在光照射下折射出不同色彩,体现一种现代科技感。

中国购买用户的心理,是怎么想的?这是雅阁的用户,平均年龄33岁左右,他们家庭月平均收入一万七千多元,他们大多数人的学历是大专以上,八成左右是已婚,在公司或政府中任高层管理人员,他们更多是选择银色和黑色,他们最喜欢的颜色仍然是黑和白。但是与2006年我们调查的又不同,就是灰色已经在逐渐地增加,包括觉得灰色是主流的颜色,也因为能体现一种安全感。但是调研中,大连这个地方城市更加喜欢黑色,因为在下雪天黑色更加安全。其他北方的城市也一样,所以在东北,不多买白色而是买黑色,在南方黑色比较沉闷,而且黑色车容易显脏,一天洗一次车划不来,干脆买白色。

所以真正的时尚话语权在谁那里呢?其实在两方面,第一在顾客,第二确实这个品牌,或者这个产品后面策划操盘的人和团队,这些团队的人并不一定来自法国或者意大利,但这些人必须懂得中国市场。所以,在整个汽车市场里面的感觉比其他行业比较清晰,不像服装行业更多时尚话语权在国外。对汽车颜色,中国人慢慢地把握了,当然也包括一些供应商,如立邦、BASF等等。以前一种颜色在日本推广得很成功,但是试图在中国照搬,常常失败,最后被废止。如果这种颜色的车卖不出,我们赔钱他们也要跟着赔。关于市场,大家要尊重中国顾客的想法,这就是中国顾客想要的东西。

"识别顾客的真实色彩"——真实色彩理论应用在汽车销售中的顾客分析

◎周家杰

在真实色彩理论中,我们得知首选四种不同颜色的人具有四种不同的特质。同样在汽车销售中,我们为充分了解顾客的需求,在顾客心理学中也将顾客分为四种(DISC):支配型(Dominants)、影响型(Influencers)、稳定型(Steady Relaters)、顺从型(Compliants)。在分析真实色彩理论和顾客类型中,找到了相关的联系。因此,我们将真实色彩理论应用在汽车销售过程的顾客类型的分析中,以便更充分了解顾客的需求;并与顾客建立更亲密的关系,很好预防了顾客在购买过程中的异议,从而大大提高了汽车销售中的成交率。

1. 真实色彩理论和顾客类型分析的相关性

根据真实色彩理论,在颜色首选不同的四种颜色的人(当然也包括了汽车销售的顾客)会体现出不同的四种特质。而这四种特质又对应了顾客心理学中的四种不同的顾客类型:

(1)橙色(ORANGE):一般"光彩夺目",需要很多的变化和自由。他们为自己的手艺高超颇为自豪,可以同时做几件事情。他们乐于做动手的、实际的工作,危机时表现上佳,敢于承担风险,寻求变化。性格很好,天性乐观。

对应——支配型顾客(Dominants):通常是决策者、冒险家,是个有目的的听众;往往敢于变化,独立性强,喜欢并能够控制局面。

（2）绿色（GREEN）：看重能力，希望理解和控制现实生活，善于分析，乐于解决问题、构建体系。有时不公开表露自己的情绪，但是内心会感情澎湃；重视思想的王国，喜欢才智和逻辑，憎恶繁文缛节。经常批评自己和他人，持有怀疑论，需要求证。

对应——稳定型顾客（Steady Relaters）：天生喜欢分析，喜欢问题的构架，善于利用材料和数据进行分析。对于新的创意、产品和程序，抱有怀疑的态度；对于决策很谨慎，决策过程很缓慢。

（3）蓝色（BLUE）：享受和他人的亲密关系，对内在的情感很敏感，看重安宁、和谐与诚实。这类人很有创意，或者，欣赏他人的创造性劳动。他们不喜欢谎言和虚伪，是天生的看护者。

对应——影响型顾客（Influencers）：充满激情和创造力、重感情、乐观。追求乐趣，乐于让别人开心。凡事喜欢参与，不喜欢孤独。

（4）金色（GOLD）：喜欢顺应和归属感，一般是可靠的人，乐于帮助别人对他们来说，传统和家庭非常重要。喜欢秩序和结构，天性忠诚慷慨。

对应——顺从型顾客（Compliants）：不愿冒险，通常可靠稳重。需要安全和完美，一般传统、谨慎。

其实综上所述，并不难理解色彩心理学和顾客心理学有极为相近之处；毕竟皆为心理学的两个分支，在分析人的类型方面有相通的地方。

2. 不同的色彩世界——不同顾客类型的不同需求

在汽车销售中，了解顾客不同的需求，从而和顾客建立良好的关系并满足其内心需求是促成顾客购买产品的关键因素。

（1）对于支配型顾客（ORANGE）：他们的需求是要汽车销售人员直接的回答和大量有创意的解答，并赋予丰富的事实说明。他们担心错误的决策和无结果的洽谈。

（2）对于稳定型顾客（GREEN）：他们的需求是安全感，不希望太多的改变(或销售人员前后解说的不一致,即使是表达方式),希望受到尊重。他们担心听到混乱没有条理的解说,洽谈中不喜欢听到否定或批评。

(3)对于影响型顾客(BLUE):喜欢拥有表达自己的自由,重视关系的平等;喜欢听到汽车销售人员的肯定或认可。其最大的担心就是得不到汽车销售人员的认同。

(4)对于顺从型顾客(GOLD):喜欢传统的表达方式和解说程序,喜欢和销售人员建立较为亲近的关系。他们的担心是销售人员不从他们的立场考虑或阐述问题,从而导致不关心。

可见,不同的"色彩世界"中的顾客有不同的需求。认识到这点,对我们的销售人员有很重要的意义。在真实色彩理论应用在汽车销售中的顾客分析的过程中,我们会让广州本田特约店的销售人员了解到顾客在这四种颜色的首选;然后在深入了解顾客的需求之前就把握住顾客的特质,从而能运用不同的策略应对不同顾客的需求。

3. 识别顾客的真实色彩——给予他们真正精彩

在通过色彩理论识别了顾客所属的类型后,销售人员应充分了解其固有的特质和其固有的需求。并且通过相应的接待方式、肢体语言、洽谈技巧和谈判技巧来打消顾客的疑虑,从而和顾客建立互相信任的亲密关系,提高顾客销售满意度(SSI),最后达到成交的目标。在此过程中,我们通过给予广州本田销售人员相应的策略建议,从而提高真实色彩理论应用的有效性。

(1)对于支配型顾客——(ORANGE):

· 要强有力,但不要挑战他的权威地位;

· 充分准备,诚实表达;

· 准备一份简要清晰的概要或解决方案,并辅以背景分析资料;

· 指出你的建议如何帮助他达到目的;

· 从结果的角度来言,提出2~3个方案供他选择;

· 与他的肢体语言相配合；

· 请求他对协议进行总结。

（2）对于稳定型顾客——（GREEN）：

· 尊重他们对个人空间的需求；

· 不要过于随便,要着装正统；

· 做好准备,放慢语速；

· 用丰富的事实分析事物的结果,给对方的信息多多益善；

· 模仿他的沟通风格

· 保持耐心。

（3）对于影响型顾客——（BLUE）：

· 表现出充满活力,精力充沛；

· 提出新的、有创意的观点,并给出佐证；

· 以书面形式和他确认；

· 要准备他们说到不一定做到；

· 强调你的产品和服务的无形价值；

· 在互相认识的阶段建立私人关系。

（4）对于顺从型顾客——（GOLD）：

· 放慢语速,以友好但非正式的方式交谈；

· 提供个人诚恳帮助,建立信任关系；

· 从关心对方角度理解问题；

· 讨论问题时要涉及人的因素；

· 强调你消除风险的意愿和能力；

· 强调客户的推荐和满意的客户。

在实施真实理论应用在汽车销售的顾客类型分析后,试点的特约店销售人员都表现出更强的信心;并大大提高了个人的销售业绩,也同时提高了顾客的销售满意度——识别了顾客的真实色彩,给予了他们更多的真正精彩!

宋建明:

这个话题已经讨论得很深了,关于产品做得很细致入微,这种方式很像国外的方式,因为他们不相信"我感觉",相信数据。

陈　雷:

我想提一个问题,在中国的市场上中国是否就有时尚话语权,我曾经拍了两百多个国外高级品牌的推广节目,特别是时尚品牌,我注意到从世界出现金融危机后,许多时尚品牌把眼光都对准了中国。但是,从拍摄第三方观察角度来讲,真正市场在中国,时尚话语权未必就在中国人手里,常要一套手段和方法才能够拿到,包括要研究色彩如何创造流行,如何与品牌结合。

举两个例子,2008 年拍摄时,有一个法国品牌的包在亚洲卖得非常好,接着做广告推广,甚至前俄罗斯总统也做它的广告代言人。这个品牌在 2008 年的巴黎时装周表现一般,但是在中国同样的一场时装秀,反响就很大,因为它的市场在中国。

第二个例子,在中国的长城设计了一个世界最大的 T 台时装秀,国内的设计师也做过,但反响不大。但纽约的时尚杂志报道说,这是唯一可在月球上看到的时装表演,用中国的长城在打造美国的品牌。这个时装秀,比法国巴黎和意大利米兰的,影响都大很多。他们试图借中国的市场,在国际时装界寻求时尚话语权。市场在中国,关键是怎么样利用市场的问题。

宋建明:

中国走到今天这个阶段,我们还有向国际同行不断学习的空间。学习他们如何作研究,学习他们建构游戏的运作形态以及品牌营销的运作。从LVMH官方网页上看,它们设有四种语言,法语、英语、日语,然后是中文的简体版。因为他们把我们锁定为市场的主要消费对象。因为利益使然,才肯设定汉语简体版。不过我们可以借此看到他们的营销理念和运作方式。他们认为,"LVMH集团以将西方生活艺术(Art de Vivre)的精髓传遍世界为使命,继续标志着高雅与创意。我们的每一件产品及其意义,都融合了传统和创意,燃点起无限梦想、激发无尽想象。为完成这一使命,集团及其伙伴都要奉行以下的五个基本价值观:①创新突破,永不言息;②超卓产品,完美无瑕;③品牌形象,集团灵魂;④业务分散,员工进取;⑤追求卓越,永无休止。他们最成功的是把这样一种理念提出来,加上公司几十年的运作经验,变成可被广泛接纳的价值观。

今天,中国已经被世界聚焦。但是,我们对西方创建已经成为标准化的主流运作模式还比较陌生。关于学习和提升,我们有过这样的经验,中国美术学院团队经过和十多个国际团队PK,拿下了2010年上海世博会的主题馆"城市生命馆"。尽管我们有一定的实力,但毕竟没有在国际平台上实际做过这样的项目,于是我们便邀请了曾经在日本爱知博览会上设计英国馆的英国设计团队合作。在过去的一年多里,英国方面真正做方案的只有一两个人,而我们却投入了几十个人来做。这一年,我们从困惑、混乱到清晰,不断地升级,终于做出了令英国人也敬佩的方案。我也在想,如果没有英国团队加盟,我们一定能够完成,但是,一定不是我们今天的水平;同时,我们的团队也不会因为这个项目得到整体的提升。所以,我觉得特别是在国际平台上施展,必须积极学习,必须支付一定的学费,以换取更多的时间和更少的失败。

叶根军：

我再问一个问题，现在大家都说自主创新，是国家在建立自己的原创，最重要的是我们要培养一批真正在国际上有知名度的企业，真正作为品牌的产业。我们作了一些市场调查，发现消费者第一首选纯进口品牌，第二是合资品牌，第三是我们中国自己的品牌。

所以，从这个过程中，我觉得国产品牌的增长层面需要逐步提高。

宋建明：

其实这种事并不稀奇。以品牌概念作为占有市场和瓜分市场份额的手段，是企业通过非常惨烈的竞争获胜之后站起来的一批企业的共识。为什么在西方那么多企业巨头要相互兼并，整合来整合去，都以努力地建立它的帝国为目的，都是生存的需要。只有做大做强，才能够掌握市场走势的话语权。而色彩在其中，便是一种抓拿人心的工具。

因为我们今天主要不是讨论品牌的问题，但是，由于色彩话语权的问题涉及它，这使我想起过去的一个往事，介绍给大家，也许有助于理解企业、品牌、色彩、市场和话语权之间的关系。以前，在巴黎留学的时候，有一位跟我学过画的华裔女生，如今她已经成长为一家法国时尚巨头的国际财务总监助理。十多年后，我们再相遇，聊起她的工作，她让我了解到国际巨鳄的组织结构和运营模式。后来，我们开始了解这些时尚巨鳄发家的组织思路。简单梳理我们可以看出法国巨鳄们面对市场时首先考虑的是品牌塑造。路易威登为什么这么牛？其实，它原先只是一个制箱包的老品牌而已，而且是一个比较衰败的品牌，但是，它在第二次世界大战之后被重新包装锻造出来。原因是如今它的背后真正的主人——那个法国非常著名的零售商，相当于美国沃尔玛这种级别的财团。路易威登此时已经有近百年的历史。路易威登成功后，他们又按照这个思路四处购买奢侈品牌。如今的 LVMH 旗下有多个方向的品牌:一是时装、二是名酒、三是珠宝及钟表、四是大型旗舰店,(在巴黎有四家最牛的店,它占了其中两家),还有香水专卖店和机场零售以及网络售卖店,五是一系列的报纸媒体,他们真正建构起了一个遍布全世界的奢侈品帝国。如果将其整合,整体策划,分牌塑造,系统营销,全面占据市场,持续推动,便可在国际奢侈品市场翻手为云,覆手为雨。于是,他们开始考虑购买和塑造品牌。路易威登和轩尼诗便是他们主打的品牌。在后来的几十年中,他们不断地购买品牌,并且逐一锻造,同时,创办高端市场,掌握媒体,资助前卫艺术运动,形成了法国在国际奢侈品市场上难以撼动的霸主地位。这个巨鳄旗下的所有品牌都是按照这个精神在展开深化设计的。

　　然后它做的是什么呢?第一件事是研发,研发是品牌最前端最具灵魂性的工作。其前期是市场调研。这个级别的调研是一项非常复杂的过程,而且几十年持续不断。其中色彩的调研也是一项内容。有了市场各种表现和期待的数据之后,然后分析分类,由专门的研发和营销人员组成的队伍研讨创造出未来市场时段的流行概念和发展趋势。第二件事是创建和运营国际级的官方网站、营销网络、旗舰销售体系和隐形商业传媒系统。

　　我们今天所有国家的品牌,刚刚知道了品牌需要维护和塑造,有品质品相,但是关于品位和品味这两个词还是搞得不太清楚,到底是位置的“位”还是品味的“味”还常常争论不休。实际上,两个字都有,一个是说明高档次,一个是美学含义。另外,中国有自己的一些品牌创出去,比如说青岛的海尔,也是国际名牌。只是我们要很理性,要清楚它在名牌群中到底占据了哪个层次的市场?高端市场占据了没有?所以现在我们要花很多时间研究方法体系,还要集成和建构许多相关领域的研究系统,这样才能够实现我们的目标。

刘　清：

　　把模特儿大赛作为一个产业链来带动三亚城市发展，我觉得也是一个话语。

宋建明：

　　所以为什么要用"宝贝"（美女），所有的"宝贝"都与系列推广与营销有关系。

梁　勇：

　　今天讨论的不是品牌，但是谈到色彩，难免与品牌有密切的关系。我想谈点品牌企业色彩应用方面的看法。我们协会的会员很多都是品牌企业，它们做到品牌的时候，不得不开始关注色彩，因为色彩作为视觉的语言，是时尚品牌不可逾越的一个环节，所以我们常常说，色彩是品牌的标签，或者是一个符号，色彩应用贯穿品牌企业的研发、生产一直到市场营销各个环节。过去我们一提色彩应用，说的多是色彩设计，其实色彩管理和色彩营销方面有许多学问。比如说色彩管理，过去国内很少企业在色彩管理方面进行研究，其实它对降低生产成本非常重要。我举一个例子，很多设计师，一季要设计上百个产品，只觉得很好看，但是有没有去考虑生产成本，八套色与十六套色的印花成本，在面料加工上就要差三分之一左右。我想，企业老板考虑能用八套色实现差不多的效果，绝不会用十六套色。服装设计师也一样，要考虑制造、物流和营销时的色彩管理问题。所以，很多设计师只知道色彩的最高境界是好看，设计要好看，要创新，但是光好看还不行，关键是要有商业价值，做艺术家和做工业设计不一样，这里就涉及成本概念。据我了解，国内许多企业缺少色彩管理和色彩营销的研究，实际上这个不仅仅是色彩专家或设计师的事情，涉及供应链管理的问题。总之，我们期待有一天,我们的民族品牌企业也会出现"法拉力红"、"麦当劳黄"这样的色彩术语,并为全世界的消费者所认知。

宋建明:

今天上午我们有一场非常热闹的开场,而下午我们的话题更多的则是进入到色彩学及延伸的层面。先从于西蔓女士认识色彩价值的认知发言开始;接下来又是陈雷先生讲的经验,从色彩和象征性的话题;接下来叶关荣教授让我们看到了当今色彩科学的一个景观,特别难得的是,我们很幸运地看到 AIC 国际色彩学会会议研究的各个方面;接下来就是刘清先生,他非常生动地介绍了30年我国空姐服饰的变迁,从军事化到民航运营,一直到大众服务,最后到时尚的追求,我觉得这个话题特别有意思,接下来我们请了周家杰先生就汽车色彩和顾客的角度来谈论这个问题,然后又有黄鹂女士谈汽车产业的色彩设计,给了我们很好的启示,接下来是叶根军先生的思考。让我们感兴趣的是吴欢先生提出的反思,艺术家本身就带有批判现实的意识,他追问:色彩是不是跟阴谋有关系,因为其中存在着商业价值,既然有利益的问题,必定要有一个策划和研究。所以我们梳理一下今天讨论的议题,林林总总、方方面面,非常丰富,跨越多个学科领域,讨论让我们觉得我们的话题很精彩。遗憾的是时间过得太快,色彩方案看得还不够多,广州本田的周先生给我们展现了一套从品牌策划、调研分析、到工业设计的方法,这很给我们启发。陈雷先生提出一个非常值得我们深思的问题:市场在中国,时尚话语权就一定在中国吗?这是个非常重要的问题。

今天下午的时间也到了,我们就此把话题打住。作为主持人,我非常感谢与会专家、学者的支持和谅解,才使得本次的论坛有了一个完美的结局。我提议我们大家以热烈的掌声为彼此取得的成绩庆贺一下吧!

专家简介

（以姓氏拼音为序）

陈 雷

中央电视台旅游节目策划兼主持人，法国塞得瑞克时尚电视总导演。

在美国期间曾策划和主持过各种大型活动，如：美国商务部举办的中美贸易研讨会，世贸组织发起的外交贸易洽谈会，并多次作客美国国家电台（NPR）和国家电视台（NBC）作为嘉宾；在中国期间，更为许多国家驻中国大使馆策划和主持过重要活动，例如：国庆日庆典活动，大型产品发布活动和内部商务活动等。

在媒体创作方面，曾经为国家电视台和广播电台创作和执导过许多部电视栏目和广播节目。获得过国家彩虹奖和中央电视台节目创作奖。

丁 圆

中国建筑学会、日本建筑学会会员，中国流行色协会建筑色彩教育委员会委员，北京联合大学师范学院艺术设计专家咨询会委员，中央美术学院建筑学院景观教研室主任、学科带头人、副教授。曾先后在日本建筑学会计划系论文集（2篇）、日本建筑学会地域设施委员会论文集（4篇）及日本建筑学会年度学术研讨大会、中国科协年会、《建筑创作》、《建筑知识》等中外学术杂志发

表论文 30 余篇。2001 年获日本建筑士协会福井支部传统保护地区建筑与环境再生提案的优秀设计奖。2002 年、2003 年两次获得日本建筑学会年度全国设计竞技东海支部奖。2005 年主持获北京奥组委主办的奥林匹克公园环境设施整体方案设计三等奖和个体设计优秀奖等多个奖项。

郭红雨

重庆建筑大学建筑设计及理论专业博士、同济大学建筑学博士后、中山大学地理科学与规划学院城市与区域规划系副教授、城市规划专业研究生导师、《中国建筑教育》杂志特约编辑、中国科协青年科学家福州活动基地专家、广州市科技专家。曾获 2005 年中国城市规划协会主办的"生态城市与可持续发展"论文大奖赛二等奖，第一作者；2006 年中国风景园林学会设计年会年度优秀论文，第一作者；曾获 2006 年度广州市优秀城乡规划设计三等奖，主要设计人员；被评选为 2007 年度中山大学"我心目中的良师"。

韩 然

汕头大学长江艺术与设计学院副院长、硕士生导师，中国广告协会学术委员会委员、中国包装技术协会设计委员会委员、中国工业设计协会会员。主要研究领域为企业形象设计与策划、广告设计与策划、平面设计。目前主持全国教育科学"十一五"规划课题教育部重点课题 1 项，重点参与教育部"第一类特色专业"建设项目。主持完成广东省哲学社会科学规划项目 1 项、校级教学改革项目 1 项，完成十余项横向课题,出版专著《影像与设计新视点—标志设计》,并发表了多篇学术论文。获奖情况:2007 年获汕头大学教学成果奖一等奖,2002 年、2003年、2004 年分别获汕头大学科研优秀奖;2002 年获广东省高校计算机多媒体优秀教学软件奖二等奖;2001 年被汕头大学评为优秀共产党员;2000 年被汕头大学校董会评为优秀教师等荣誉。

黄 鹂

湖南湘江关西汽车涂料有限公司(中日合资)研究部部长。主持参与的主要研究工作:汽车车身涂料颜色的趋势分析、国内主要汽车厂的涂料颜色设计和开发以及标准颜色和色板的批准(如东风本田、长安汽车、昌河铃木、通用五菱、东南汽车、奇瑞汽车等)、国内主要汽车厂的相关汽车涂料颜色推荐和色彩发布。参与了中国流行色协会"汽车涂料趋势委员会"的相关工作。曾获得全国涂料行业材料(颜料)鉴别竞赛第一名、组织研究开发的长安汽车"奔奔"车颜色设计获得了2006 年度中国汽车涂料色彩大奖。

梁 勇

中国流行色协会常务副会长,教授级高级工程师,民进中央委员、民进中央联络委员会主任,中国科协全国委员会委员、青少年科学教育委员会委员,中国纺织工业协会常务理事、中国服装协会常务理事、中国纺织工程学会理事、中国纺织摄影协会副会长,《国际纺织品流行趋势》总编辑。长期从事国际纺织品、服装和家居流行趋势、时尚生活方式和设计产业的研究工作以及"亚洲色彩论坛"、"色彩中国"等时

尚活动的策划和组织。

林 文

广东汕头大学长江艺术与设计学院设计系讲师兼任广东东土设计公司设计总监、广东穿越软件公司任设计总监。1993年底，于中央美术学院画廊举办个人雕塑绘画展览。1996年4月参加北京新阿姆斯特丹画廊12人艺术展。1996年6～9月 参加德国第二届"构形展（CONFIGURA2）"。1997年获得首届全国电脑建筑画大赛三等奖。1998～1999年在汕头广播电台音乐频道开播"林文音画"栏目，为听众介绍世界民族音乐及国内当代艺术界新闻。1998年创建东土景观设计公司任设计总监至今。主持及完成的设计项目：上海青浦区中心城市规划（竞赛第一名），北京兆龙饭店外立面改造方案（竞赛第一名），大连市海昌欣城景观设计（竞赛第一名），潮州市中心广场规划设计（竞赛第一名）等。

刘 清

中国南航文化传媒《精英生活》执行主编、复旦大学国际新闻传播硕士、美国加州州立大学（北岭）影视戏剧新闻传播学院访问学者、中国翻译工作者协会会员、广州留学生商会创意组会员、中国南航文化传媒《精英生活》执行主编。曾由台湾三明书局出版两本英国儿童心理学译著，担任广州电视台"郑和下西洋"纪录片电视评论系列嘉宾，关注跨文化、时事、商旅、艺术等跨界事件和报道。近期论述包括《"地球最美丽的裂痕"冰岛告急》、《"世界销金窟"迪拜也烦忧》、《谁在喜欢奥巴马?》、《"人间伊甸"毛里求斯的魅力》、《印度怎么啦?》等。曾参加国家跨世纪项目《新闻大词典》若干篇章的编写。

宋建明

　　中国美术学院副院长、教授、色彩研究所所长、博导,兼任中国流行色协会副会长、专家委员会常务主任,中国美术家协会理事、中国美协平面设计艺术委员会副主任,中国建筑文化研究会副会长,亚洲时尚联合会(AFF)理事,中国委员会主席团主席,欧洲色彩学会(AEC)会员,浙江省美术家协会副主席,浙江省国际文化交流协会副理事长,浙江省海峡两岸经济文化发展促进会常务理事,杭州市政府决策咨询委员会委员。

　　近年来主持近十项有关我国城市文化、城市美学、城市有机更新和城市色彩规划的研究,并且积极参与社会实践,诸如主持"2010年上海世博会主题馆·城市生命馆"策展与设计工作等。

王渝生

　　中国科学院理学博士、博士生导师,德国慕尼黑大学博士后。曾任中国科学院自然科学史研究所副所长、中国科技馆馆长、研究员,享受国务院政府特殊津贴。第十届全国政协委员、科教文卫体委员会委员,北京市科协副主席、科学普及工作委员会主任,中国关爱协会副理事长兼秘书长。中国青少年科技辅导员协会副理事长,中国智慧工程研究会副会长。北京科技大学、国家行政学院、中央社会主义学院等高校兼职教授。长期从事科学史研究和科普教育工作,发表论著30余种,学术论文 80 余篇,科普著作和文章百余种(篇)。

吴 欢

全国政协委员,中国人权发展基金会海外艺术家联盟主席、中国和平统一促进会理事、中国国际文化交流中心理事、中华海外联谊会理事、中华慈善总会常务理事、中国文化艺术界慈善总团主席。其书画作品题材广泛、构思奇妙、独创风格,卓然自成一家,乃中国当代最具影响力的书画家之一。

叶根军

四川长虹电器股份有限公司创新设计中心主任。通过加强队伍建设、积极开展对外合作与学习交流、强化内部科学的管理等举措,取得了不俗的成绩,在业界产生了很大的影响,并正逐步把长虹工业设计带向成功之路。在 2006 中国北京国际文化创意产业博览会组委会共同主办的"光华龙腾奖"中,获得"中国设计业十大杰出青年"荣誉称号,成为中国家电业唯一获此殊荣的设计人才。

叶关荣

浙江大学信息学院教授,博士生导师,主要从事光电技术、光度学、色度学、光辐射计量与标定技术研究。曾先后担任中国照明学会顾问,中国光学会颜色光学专业委员会主任、国际颜色学会(AIC)执行委员、中国流行色协会副会长、浙江省照明学会理事长。

于西蔓

北京西蔓色彩文化发展有限公司董事长、中国流行色协会副会长、中国美发美容协会副会长、文化部一级艺术形象设计师、日本环境色彩研究会会员、中国人民大学商学院 MBA 特聘教授、北京服装学院艺术设计学院客座教授、研究生导师。科研成果包括：CCS 色彩体系及色票、中国人色彩规律分析系统、个人色彩规律诊断工具（Ⅰ代/Ⅱ代/Ⅲ代）、女性个人服饰风格辅助诊断工具等。主持项目包括：长沙市城市色彩规划、大同市城市色彩规划、伊春市城市色彩规划、盘锦市城市色彩规划。著有《西蔓美丽观点》、《中国人形象规律教程——女性个人色彩搭配分册》、《中国人形象规律教程——女性个人服饰风格分册》等十余部书。

曾 辉

北京奥组委文化活动部景观规划实施处处长，兼任中国美术家协会平面设计艺术委员会副秘书长，中国美术家协会会员，中国包装联合会设计委员会副秘书长，民盟北京市委文化委员会副主任，北京崇文区政协委员。

在奥组委文化活动部工作期间，负责奥运会、残奥会46 个竞赛场馆与非竞赛场馆、71 个独立与附属训练场馆的形象景观深化设计方案与实施计划、残奥景观转换计划等工作。在 20 多年艺术运行、设计管理与创意策划工作中，曾主持策划设计中国一汽、伊利集团、中信集团、建设摩托、安泰科技、有研硅股、中日友好医院、民生证券、中国试飞研究院、中国茶都信阳、中国石化 F1 中国大奖赛全案推广、中国最佳旅游城市等近百项品牌形象与推广策划设计项目。

张颐武

北京大学中文系教授,博士生导师。北京大学文化资源研究中心副主任。从事中国当代文学、电影、大众文化和批评理论的教学与研究。20世纪90年代以来,在全球化与中国当代文化关系方面进行了一系列前瞻性的研究,为当下转型时期的中国社会文化现象做出了重要阐释。著有《在边缘处追索》、《大转型》、《从现代性到后现代性》、《"新新中国"的形象》等论著。

周家杰

广州本田销售本部 S-PL(Sale-Project Leader) 兼商品企划系系长、车辆工程学硕士,企业管理学博士生(在读)。兼任中国流行色协会理事,中国企业培训师,中国流通协会旧机动车鉴定评估师,中国市场学会认证 CMO。2005 年 4 月至今,主持广州本田及商品企划/产品规划工作,策划并执行奥德赛和思迪上市推广活动。2005 年 12月至今,主持完成广州本田 2007—2010 年产品颜色规划工作。其中在奥德赛使用"艾美紫",在新飞度使用"拉丁黄",该两种颜色分别在细分市场中受到很多用户的好评,并取得很好的销量。

部分媒体报道

专家呼吁尽快制定出台《景观法》

王小龙

"避免过去一些地方在产业发展中出现的先发展再治理的沉痛教训，减少未来我们对文化保护与环境治理所付出的高昂代价，制定《景观法》已刻不容缓。"日前，在中国科协第 25 期新观点新学说学术沙龙上，中国流行色协会常务副会长梁勇发出了这样的倡议。

梁勇表示，尽管我国颁布了《城乡规划法》等法律、法规，但景观方面不仅涉及到城市规划和建设部门，而且与广大百姓生活息息相关，与传统文化保护密不可分，我国现有的城乡规划多考虑经济与功能等要素，对视觉、文化方面关注较少，加之景观环境建设涉及的多个部门目前尚缺少整体规划与协调，在现实中视觉垃圾与污染以及文化破坏现象仍随处可见，"百城一面"日益普遍，不少城市的特色已不复存在。

梁勇说，近几年来杭州、武汉、哈尔滨等 20 多个城市规划部门已相继进行了城市色彩规划以及城市景观方面的努力，可在借鉴国外经验和国内一些地区措施的基础上，参照今年北京市在奥运会期间对城市景观所做的一些成功经验，结合中国现阶段和未来一段时间的发展实际，来制定出适合中国国情、并对城市和乡村建设都具有普遍指导与约束价值的《景观法》。

据介绍,"新观点新学说学术沙龙"是中国科协举办的一个旨在通过多层面多学科专家通过自由讨论的方式以鼓励学术争鸣、活跃学术思想、促进原始创新的学术交流平台。本期沙龙以"色彩与城市生活"为主题,20 多位来自高校、企业和传媒从事色彩相关业务的专家围绕色彩与建筑、色彩与工业设计、城市色彩与景观管理等内容进行了探讨。

《科技日报》(2008 年 12 月 15 日)

制定《景观法》势在必行

王学健

从我国的最北端黑龙江省漠河市到最南端海南省三亚市，矗立着许多相同的建筑。目前，国内很多城市毫无自己的文化特色，"千城一面"与我国五千年文明大国的地位极不相称。在日前举办的中国科协第25期新观点新学说学术沙龙上，有关专家呼吁：制定《景观法》势在必行。

"随着经济的迅速发展，我国社会正在发生翻天覆地的变化，城市化进程正在加快，特别是十七届三中全会中央确立深化农村改革的决议之后，将使新农村建设更加全面、快速地发展。对于处在我国这样一个高速建设时期的发展中国家来说，制定《景观法》可以避免过去一些地方在产业发展中出现的先发展再治理的沉痛教训，减少未来我们对文化保护与环境治理所付出的高昂代价。"在日前举办的中国科协第25期新观点新学说学术沙龙上，中国流行色学会常务副会长梁勇呼吁：我国迫切需要制定《景观法》。

现阶段，我国的城乡规划可能更多考虑经济因素，而在城市和乡村中的以视觉为核心的景观环境建设由于涉及到规划、文化、市容、交通、国土资源等多个部门，目前还缺少整体的规划与协调，在法律上还处于空白阶段，在现实中随处可见视觉垃圾、视觉污染以及文化破坏现象，因此引起广大群众的不满，破坏了我国五千年文化的传承。

梁勇认为，目前国内城市和乡村的景观方面主要存在几个突出问题：第一,各种新建筑造型、新材料、新涂料的大量应用,特别是全国各地采用同样的建筑材料、设计方法等,使我国许多地区原本丰富多彩的具有地方特色的区域文化受到了极大的损害与破坏,既失去了鲜明的地方特色,又切断了历史文脉。可以看到,从黑龙江省漠河市到海南省三亚市矗立着许多相同的建筑;一些城市建立了毫无个性与特色的喷泉广场或景观大道;在许多新建筑色彩上,由于缺少协调统一,仅凭地方领导或设计人员个人的审美水平和好恶,使视觉表现处于原始、简单的低水平,有些设计甚至违反配色的基本规律,造成严重不和谐的视觉污染。

第二,在城市市容管理上,由于缺少明确的法律法规,在城市建筑和环境中,各种商业广告和标示铺天盖地,占领所有临街建筑、交通工具和城市公共空间,使许多城市和乡村陷入杂乱的"花"和"俗"的状况。

在乡村,一些刚刚富裕起来的农民由于缺少法律法规的约束与专家指导,只按照自己的喜好,建设了色彩与形式五花八门的仿欧式、仿古建的住宅,由于缺少规划与协调,显得格调庸俗、水平低下,严重影响了地区形象。

第三,在高速公路和铁道两边,有些企业为了商业利益,不加节制地耸立起巨大的广告牌,各种户外广告招牌在形式、色彩和内容上以吸引注意力为第一目的,根本不考虑交通安全及与环境协调。

第四,在一些地区的文化遗产保护和翻新过程中,由于技术和材质等使用水平,以及地方或部门利益驱动,增添现代建筑或人为改变传统的建筑与环境的视觉表现,造成对传统文化遗产的新的景观污染和破坏现象也时有发生。此外,在传统文化保护中,仅关注古建筑的保护以及非文化遗产的保护是不够的,这些"软的"、"硬的"文化遗产需要一个与之适应的环境生态,才能形成文化保护的整体。

梁勇表示,尽管我国颁布了《城乡规划法》等法律、法规,但景观方面不仅涉及到城市规划和建设部门,而且与广大百姓生活息息相关,与传统文化保护密不可分。因此,参照日本、法国等国家的做法,制定中国的《景观法》,对我国城市和新农村建设中涉及的视觉规划与设计等相关事宜,提出明确的法律要求与规定,在尊重历史、尊重传统的基础上,进行科学的规划、引导,而不是盲目、随意、冲动甚至为了眼前的商业利益进行人为破坏,从而建设更加和谐、优美、宜居的生活环境,保护我们悠久灿烂的文化脉络与精神家园。

《科学时报》(2008 年 12 月 19 日)

彩图 1　马来西亚人口以华人为主的槟城

彩图2　广州白云山与珠江沿岸色彩印象

彩图 3　苏州城市色彩平面与立体指引

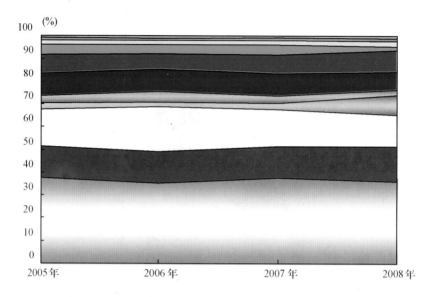

彩图 4　中国汽车行业 2005~2008 年汽车颜色分布情况

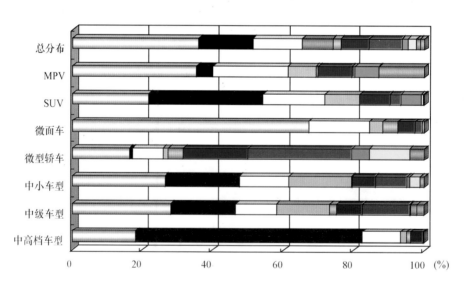

彩图 5　中国汽车行业按车型分类的 2008 年颜色分布